Georges Simenon

L'homme qui regardait passer les trains

Gallimard

Georges Simenon naît à Liège le 13 février 1903.

Après des études chez les jésuites, il devient, en 1919, apprenti pâtissier, puis commis de librairie, et enfin reporter et billettiste à *La Gazette de Liège*. Il publie en souscription son premier roman, *Au pont des Arches*, en 1921 et quitte Liège pour Paris. Il se marie en 1923 avec «Tigy», et fait paraître des contes et des nouvelles dans plusieurs journaux. *Le roman d'une dactylo*, son premier roman «populaire» paraît en 1924, sous un pseudonyme. Jusqu'en 1930, il publie contes, nouvelles, romans chez différents éditeurs.

En 1931, le commissaire Maigret commence ses enquêtes… On tourne les premiers films adaptés de l'œuvre de Georges Simenon. Il alterne romans, voyages et reportages, et quitte son éditeur Fayard pour les Éditions Gallimard où il rencontre André Gide.

Durant la guerre, il est responsable des réfugiés belges à La Rochelle et vit en Vendée. En 1945, il émigre aux États-Unis. Après avoir divorcé et s'être remarié avec Denyse Ouinet, il rentre en Europe et s'installe définitivement en Suisse.

La publication de ses œuvres complètes (72 volumes!) commence en 1967. Cinq ans plus tard, il annonce officiellement sa décision de ne plus écrire de romans.

Georges Simenon meurt à Lausanne en 1989.

CHAPITRE PREMIER

Quand Julius de Coster le Jeune s'enivre au Petit Saint Georges *et quand l'impossible franchit soudain les digues de la vie quotidienne.*

En ce qui concerne personnellement Kees Popinga, on doit admettre qu'à huit heures du soir il était encore temps, puisque, aussi bien, son destin n'était pas fixé. Mais temps de quoi ? Et pouvait-il faire autre chose que ce qu'il allait faire, persuadé d'ailleurs que ses gestes n'avaient pas plus d'importance que pendant les milliers et les milliers de jours qui avaient précédé ?

Il aurait haussé les épaules si on lui avait dit que sa vie allait changer brusquement et que cette photographie, posée sur la desserte, qui le représentait debout au milieu de sa famille, une main négligemment appuyée au dossier d'une chaise, serait reproduite par tous les journaux d'Europe.

Enfin, s'il avait cherché en lui-même, en toute conscience, ce qui pouvait le prédisposer à un avenir tumultueux, il n'eût sans doute pas pensé à certaine

9

émotion furtive, quasi honteuse, qui le troublait lorsqu'il voyait passer un train, un train de nuit surtout, aux stores baissés sur le mystère des voyageurs.

Quant à oser lui affirmer en face qu'à cet instant son patron, Julius de Coster le Jeune, était attablé à l'auberge du *Petit Saint Georges* et s'enivrait consciencieusement, cela eût été sans sel comme sans effet, car Kees Popinga n'avait aucun goût pour la mystification et il avait son opinion sur les gens et sur les choses.

Or, en dépit de toute vraisemblance, Julius de Coster le Jeune était bel et bien au *Petit Saint Georges.*

Et, à Amsterdam, dans un appartement du *Carlton,* une certaine Paméla prenait un bain avant d'aller chez Tuchinski, le cabaret en vogue.

En quoi cela pouvait-il toucher Popinga ? Ou encore qu'à Paris, dans un petit restaurant de la rue Blanche, chez Mélie, une certaine Jeanne Rozier, qui était rousse, fût attablée en compagnie d'un nommé Louis à qui elle demandait, en se servant de moutarde :

— Tu travailles, ce soir ?

Et qu'à Juvisy, non loin de la gare de triage, sur la route de Fontainebleau, un garagiste et sa sœur Rose...

En somme, tout cela n'existait pas encore ! C'était de l'avenir — l'avenir immédiat de Kees Popinga, qui, ce mercredi 28 décembre, à huit heures du soir, ne s'en doutait pas le moins du monde et se disposait à fumer un cigare.

Ce qu'il n'aurait avoué à personne, car cela aurait pu passer à la rigueur pour une critique de la vie familiale, c'est que, le dîner terminé, il avait une sérieuse tendance à s'assoupir. La nourriture n'y était pour rien, puisque, comme dans la plupart des familles hollandaises, on dînait légèrement : du thé, du pain beurré, de minces tranches de charcuterie et de fromage, parfois un entremets.

Le coupable était plutôt le poêle, un poêle imposant, ce qui se fait de mieux dans le genre, en carreaux de céramique verte aux lourds ornements nickelés, un poêle qui n'était pas seulement un poêle, mais qui, par sa chaleur, par sa respiration, pourrait-on dire, rythmait la vie de la maison.

Les boîtes de cigares étaient sur la cheminée de marbre, et Popinga en choisit un avec lenteur, en reniflant, en faisant craquer le tabac, parce que c'est une nécessité quand on veut apprécier un cigare, et aussi parce que ça s'est toujours fait de la sorte.

De même que, la table à peine débarrassée, Frida, la fille de Popinga, qui avait quinze ans et des cheveux châtains, étalait ses cahiers juste sous la lampe et les contemplait longtemps de ses grands yeux sombres qui ne voulaient rien dire ou qu'on ne comprenait pas.

Les choses suivaient leurs cours. Carl, le gamin qui, lui, avait treize ans, tendait son front à sa mère, puis à son père, embrassait sa sœur et montait se coucher.

11

Le poêle faisait toujours entendre son ronflement et Kees demandait par habitude :

— Qu'est-ce que vous faites, maman ?

Il disait maman à cause des enfants.

— Je dois mettre mon album à jour.

Elle avait quarante ans et la même douceur, la même dignité que toute la maison, gens et choses. On aurait presque pu ajouter, comme pour le poêle, que c'était la meilleure qualité d'épouse de Hollande, et c'était d'ailleurs une manie de Kees de toujours parler de première qualité.

Justement, à propos de qualité, le chocolat seul était de second choix et pourtant on continuait à en manger de cette marque, parce que chaque paquet contenait une image et que ces images prenaient place dans un album spécial qui contiendrait, dans quelques années, la reproduction en couleurs de toutes les fleurs de la terre.

Mme Popinga s'installa donc devant le fameux album et classa ses chromos tandis que Kees tournait les boutons de la radio, si bien que, du monde extérieur, on n'entendit qu'une voix de soprano et parfois un choc de faïence venant de la cuisine où la servante lavait la vaisselle.

La fumée du cigare, tant l'air était lourd, ne montait même pas vers le plafond, mais restait à stagner autour du visage de Popinga, qui la déchirait parfois de la main, comme des fils de la Vierge.

N'y avait-il pas quinze ans qu'il en était ainsi, et qu'ils étaient quasiment figés dans les mêmes attitudes ?

Or, un peu avant huit heures et demie, alors que la soprano s'était tue et qu'une voix monotone donnait des cours de Bourse, Kees décroisa les jambes, regarda son cigare et déclara d'une voix hésitante :

— Je me demande si tout est vraiment en ordre à bord de l'*Océan III* !

Un silence. Le ronflement du poêle. M\ :sup\ :me Popinga eut le temps de coller deux images dans l'album et Frida de tourner la page de son cahier.

— Je ferais peut-être mieux d'aller voir.

Et désormais le sort en était jeté ! Le temps de fumer deux ou trois millimètres de cigare, de s'étirer, d'entendre des instruments s'accorder à l'auditorium d'Hilversum, et Kees venait d'entrer dans l'engrenage.

Dès à présent, chaque seconde pesait plus lourd que toutes les secondes qu'il avait vécues jusque-là, chacun de ses gestes prenait autant d'importance que ceux des hommes d'Etat dont les journaux notent les moindres attitudes.

La servante lui apporta son gros pardessus gris, ses gants fourrés et son chapeau. Elle passa des caoutchoucs au-dessus de ses souliers, tandis qu'il levait docilement un pied, puis l'autre.

Il embrassa sa femme, sa fille, nota encore qu'il ne savait pas ce que celle-ci pensait et qu'elle ne pensait peut-être rien ; puis, dans le corridor, il hésita à prendre sa bicyclette, une bicyclette entièrement nickelée, à changement de vitesse, une des plus belles qu'il soit possible d'imaginer.

Il décida d'aller à pied, quitta sa maison et se

retourna sur elle avec satisfaction. C'était plutôt une villa, dont il avait dessiné les plans, surveillé la construction et, si ce n'était pas la plus grande du quartier, il n'en prétendait pas moins que c'était la mieux conçue et la plus harmonieuse.

Le quartier lui-même, un quartier neuf, un peu à l'écart sur la route de Delfzijl, n'était-il pas le plus agréable et le plus sain de Groningue ?

Jusqu'ici, la vie de Kees Popinga n'avait été faite que de ces satisfactions-là, des satisfactions réelles puisque, aussi bien, personne ne peut prétendre qu'un objet de première qualité n'est pas de première qualité, qu'une maison bien bâtie n'est pas une maison bien bâtie, ni que la charcuterie de chez Oosting n'est pas la meilleure de tout Groningue.

Il faisait froid, un froid sec et vivifiant. Les semelles de caoutchouc écrasaient la neige durcie. Les mains dans les poches, le cigare aux lèvres, Kees marchait vers le port en se demandant réellement si tout était en ordre à bord de l'*Océan III.*

Ce n'était pas une excuse qu'il s'était donnée. Certes, il n'était pas fâché de marcher dans la nuit fraîche au lieu de somnoler dans la tiédeur fade de la maison. Mais il ne se serait pas permis de penser officiellement qu'un endroit au monde pût être plus doux que son propre foyer. C'est justement pourquoi il rougissait quand il entendait passer un train et qu'il surprenait en lui une drôle d'angoisse qui pouvait laisser croire à de la nostalgie.

L'*Océan III* était bel et bien une réalité et la visite nocturne de Popinga un devoir professionnel. Il remplissait chez Julius de Coster en Zoon les fonctions de premier commis et de fondé de pouvoir. La maison de Julius de Coster en Zoon était la première, non seulement de Groningue, mais de toute la Frise néerlandaise, pour les fournitures de bateaux, depuis les cordages jusqu'au mazout et au charbon, sans oublier l'alcool et les provisions de bouche.

Or, l'*Océan III*, qui devait appareiller à minuit pour franchir le canal avant la marée, avait passé une grosse commande vers la fin de l'après-midi.

Kees aperçut le bateau de loin, car c'était un « clipper » à trois mâts. Les abords de Wilhelmine Canal étaient déserts, encombrés seulement d'amarres qu'il enjamba adroitement. Puis, en homme habitué à ces choses, il gravit l'échelle du pilote et se dirigea sans hésiter vers la cabine du commandant.

A la rigueur, c'était l'ultime délai du Destin. Il pouvait encore faire demi-tour, mais il l'ignorait, poussait une porte et se trouvait en face d'un géant congestionné qui déversait sur lui tout ce qu'il savait d'injures et de jurons.

Il se passait l'événement le plus inattendu pour qui connaissait la maison Julius de Coster en Zoon : la « citerne », qui devait venir à sept heures livrer le mazout — et Kees Popinga l'avait commandée en personne —, n'était pas venue ! Non seulement elle n'avait pas accosté l'*Océan III*, mais il n'y avait personne à bord et les autres provisions n'avaient pas davantage été livrées.

Cinq minutes plus tard, un Popinga bredouillant

redescendait sur le quai en jurant qu'il y avait un malentendu et qu'il allait tout arranger.

Son cigare s'était éteint. Il regretta de n'avoir pas emmené son vélo et courut, oui, il courut dans les rues, comme un gamin, tant il était affolé à l'idée de ce bateau qui, faute de mazout, allait rater sa marée et peut-être son voyage à Riga. Si Popinga ne naviguait pas, il n'en avait pas moins passé ses examens de capitaine au long cours et il avait honte pour sa maison, pour lui, pour la marine, de ce qui arrivait.

M. Julius de Coster n'allait-il pas, comme cela lui arrivait quelquefois, se trouver par hasard dans les bureaux ? Il n'y était pas, non, et Popinga, essoufflé, n'hésita pas à se diriger vers la maison de son patron, une maison calme, solennelle, mais plus vieille et moins pratique que la sienne, comme toutes les maisons situées dans la ville. Une fois sur le seuil, seulement, et comme il sonnait, il pensa à jeter son mégot éteint et il prépara une phrase...

Des pas vinrent de très loin : un judas s'entrouvrit ; les yeux indifférents d'une servante l'observèrent. Non ! M. Julius de Coster n'était pas chez lui. Alors Kees paya d'audace, demanda à voir Mme de Coster, qui était une vraie grande dame, la fille d'un gouverneur de province que nul ne se serait permis de mêler à une affaire commerciale.

La porte finit par s'ouvrir. Popinga attendit longtemps au bas de trois marches de marbre, près d'un palmier en pot, puis on fit signe de monter et, dans une pièce à la lumière orange, il se trouva devant une femme en peignoir de soie qui fumait une cigarette au bout d'un tube de jade.

— Que désirez-vous ? Mon mari est sorti de bonne heure pour finir un travail urgent au bureau. Pourquoi n'est-ce pas là que vous vous êtes adressé ?

Il ne devait jamais oublier ce peignoir, ni les cheveux bruns qui formaient une torsade sur la nuque, ni l'indifférence suprême de cette femme devant qui il bafouillait en sortant à reculons.

Une demi-heure plus tard, il ne restait plus d'espoir de faire partir l'*Océan III*. Kees était retourné au bureau, pensant qu'il avait peut-être croisé son patron. Puis il était revenu par une rue plus animée où les magasins restaient ouverts, à cause de l'approche de Noël. Quelqu'un lui avait serré la main.

— Popinga !

— Claes !

C'était le docteur Claes, un spécialiste des maladies d'enfants, qui faisait partie de la même société d'échecs que lui.

— Vous ne venez pas au tournoi de ce soir ? Il paraît que le Polonais sera battu...

Non, il n'irait pas. Et, d'ailleurs, son jour à lui était le mardi et on était mercredi. D'avoir couru dans le froid, il avait le visage rouge, la respiration brûlante.

— A propos, reprenait Claes, Arthur Merkemans est venu me voir tout à l'heure...

— Il ferait mieux d'avoir un peu de pudeur !

— C'est ce que je lui ai dit...

17

Et le docteur Claes s'en alla vers le club, tandis que Popinga était alourdi d'une contrariété de plus. Pourquoi avait-on éprouvé le besoin de lui parler de son beau-frère ? Est-ce que, dans toutes les familles, il n'y a pas un élément plus ou moins honteux ?

Merkemans, d'ailleurs, n'avait rien fait de mal. Ce qu'on aurait pu lui reprocher le plus, c'est d'avoir eu huit enfants, mais en ce temps-là il avait une assez bonne place dans une salle de ventes. Il l'avait perdue un beau jour. Il était resté longtemps sans travail, parce qu'il se montrait trop difficile, puis au contraire il avait accepté n'importe quoi et cela avait été de mal en pis.

Maintenant, tout le monde le connaissait, parce qu'il allait taper les gens en leur racontant ses malheurs et en parlant de ses huit enfants.

C'était gênant. Du coup, Popinga en avait un poids sur l'estomac et il pensait avec réprobation à ce beau-frère qui se négligeait et dont la femme, maintenant, faisait son marché sans chapeau.

Tant pis ! Il entra dans un magasin acheter un autre cigare et il décida de rentrer par la gare, ce qui n'était pas plus long que par le canal. Il savait qu'il ne pourrait s'empêcher de dire à sa femme :

— Ton frère est allé chez le docteur Claes.

Elle comprendrait. Elle soupirerait sans répondre. C'était toujours comme ça !

En attendant, il dépassait l'église Saint-Christophe, tournait à gauche dans une rue calme où il y avait des remparts de neige le long des trottoirs et de lourdes portes à marteau. Il allait penser à Noël, mais

18

cela ne valait pas la peine, car, après le troisième bec de gaz, il savait que d'autres pensées l'attendaient.

Oh! ce n'était pas grave! Un trouble de quelques instants, chaque fois qu'il passait par là après sa partie d'échecs...

Groningue est une ville chaste où, contrairement à ce qui se passe dans des villes comme Amsterdam, on ne risque pas, dans la rue, de subir des propositions de femmes sans pudeur.

Et pourtant, à cent mètres de la gare, il existe une maison, une seule, d'aspect bourgeois, cossu, dont la porte s'entrouvre au moindre heurt.

Jamais Kees n'y avait mis les pieds. Il avait seulement entendu raconter des histoires, au cercle. Pour sa part, d'une façon ou d'une autre, il avait toujours évité d'être infidèle à sa femme.

Seulement, quand il passait, le soir, il imaginait des choses, et cette fois il était d'autant plus animé qu'il venait de voir Mme de Coster en peignoir. Il ne l'avait jamais aperçue que de loin, en tenue de ville. Il savait qu'elle n'avait que trente-cinq ans, alors que Julius de Coster le Jeune en avait soixante.

Il passa... Il ne marqua qu'un temps d'arrêt en voyant bouger deux ombres derrière le rideau, au premier étage... Il pouvait déjà apercevoir la gare, où le dernier train partirait à minuit cinq... Avant cette gare, à droite, il y avait encore le *Petit Saint Georges* qui, pour lui, en moins excitant, représentait à peu près la même chose que la maison qu'il venait de dépasser.

Jadis, au temps des diligences, il avait existé une

auberge du *Grand Saint Georges* non loin de laquelle un estaminet s'était établi à l'enseigne du *Petit Saint Georges*.

Seul l'estaminet subsistait, en sous-sol, ses fenêtres au ras du trottoir, presque toujours vide d'ailleurs, hanté seulement, après la fermeture des autres débits, par des marins allemands ou anglais.

Popinga, malgré lui, y jetait toujours un coup d'œil, bien qu'il n'y eût là rien d'extraordinaire : des tables de chêne noirci, des bancs, des tabourets et, au fond, un comptoir derrière lequel se tenait un énorme patron qu'un goitre empêchait de porter un faux col.

Pourquoi le *Petit Saint Georges* faisait-il l'effet d'un lieu de débauche ? Parce qu'il restait ouvert jusqu'à deux ou trois heures du matin ? Parce que les bouteilles de genièvre et de whisky, sur l'étagère, étaient plus nombreuses que partout ailleurs ? Parce que la salle était en sous-sol ?

Cette fois-ci, comme les autres, Kees jeta un coup d'œil, et l'instant d'après il s'écrasait le nez contre la vitre ; pour mieux voir, pour être sûr de ne pas se tromper, ou plutôt pour se persuader qu'il se trompait.

A Groningue, il existe des cafés de deux catégories : les *verlof,* où l'on ne sert que des boissons inoffensives, et les *vergüning,* où l'on débite de l'alcool.

Or, Kees se serait cru déshonoré s'il avait mis les pieds dans un café *vergüning.* N'avait-il pas renoncé à jouer aux quilles parce que le jeu de quilles était installé dans l'arrière-salle d'un établissement de ce genre?

Le *Petit Saint Georges* était le plus *vergüning* des *vergüning*. Et pourtant, dans la salle basse, un homme buvait, un homme qui ne pouvait pas ne pas être M. Julius de Coster le Jeune en personne!

Si, à l'instant, Kees s'était précipité au cercle d'échecs, s'il avait annoncé au docteur Claes, à n'importe qui, qu'il avait vu Julius de Coster au *Petit Saint Georges,* on l'eût regardé avec douleur, en lui conseillant de se soigner!

Il y a des gens sur le compte de qui on peut se permettre de plaisanter. Mais Julius de Coster...

Rien que sa barbiche était la chose la plus glaciale de Groningue! Et sa démarche! Et ses vêtements noirs! Et son chapeau célèbre, tenant le milieu entre le melon et le haut-de-forme...

... Non! Il n'était pas possible que Julius de Coster eût fait raser sa barbiche! Il était aussi invraisemblable qu'il se fût affublé d'un complet marron trop large pour lui!

Quant à se trouver là, à une table du *Petit Saint Georges,* devant un verre à fond épais qui ne pouvait contenir que du genièvre...

Il arriva cependant que l'homme tourna les yeux vers la vitre et alors il parut surpris, lui aussi, avança un peu la tête pour reconnaître Popinga dont le nez s'épatait contre la glace.

Il advint plus inouï encore, il esquissa un petit geste, comme pour dire:

— Entrez donc!

21

Et Kees entra, sidéré, comme on dit que des animaux le sont par le regard des serpents. Il entra et le mastroquet, qui essuyait des verres, lui cria de son comptoir :

— Vous ne pouvez pas fermer la porte comme tout le monde ?

C'était lui, Julius de Coster ! Il désignait un tabouret à son compagnon et murmurait :

— Je parie que vous êtes allé à bord ?

Puis, sans attendre de réponse, un mot qu'on ne lui avait jamais entendu prononcer :

— Ils gueulent ?

Enfin, toujours sans transition :

— Au fait, vous avez dû m'espionner pour savoir que j'étais ici ?

Ce qu'il y avait de plus déroutant, c'est qu'il ne se fâchait pas, qu'il disait cela sans rancune, avec un petit sourire amusé. Il faisait signe au patron de remplir les verres et, à la dernière minute, il se ravisait, préférant garder la bouteille sur la table.

— Ecoutez, monsieur de Coster, il se passe ce soir...

— Buvez d'abord, *monsieur* Popinga !

C'était son habitude d'appeler Kees « *monsieur* Popinga », comme il le faisait d'ailleurs pour ses moindres magasiniers. Mais, cette fois, il y mettait une ironie tranquille et semblait prendre plaisir au trouble de son employé.

— Si je vous dis de boire — et je vous conseille

affectueusement de vider la bouteille si vous en êtes capable ! — c'est que l'alcool vous aidera à digérer ce que j'ai à vous dire... Je ne croyais pas avoir le plaisir de vous rencontrer ce soir... Vous remarquerez que j'ai bu quelque peu, moi aussi, ce qui va donner un tour charmant à notre entretien...

Il était ivre ! Popinga l'eût juré ! Mais il était ivre, lui, comme un homme qui a l'habitude de l'être et que cela n'incommode pas.

— L'aventure est ennuyeuse pour l'*Océan III,* qui est un bon bateau et dont la charte-partie spécifie qu'il doit être rendu dans les sept jours à Riga... Mais ce qui se passe est bien plus ennuyeux pour les autres, pour vous, par exemple, *monsieur* Popinga !...

Il se servait tout en parlant, il buvait et Kees remarquait un gros paquet mou posé sur la banquette à côté de lui.

— C'est d'autant plus ennuyeux que vous ne devez pas avoir d'économies et que vous allez vous trouver sur le pavé comme votre beau-frère...

Lui aussi lui parlait de Merkemans ?

— Videz votre verre, je vous prie... Vous êtes un homme assez raisonnable pour que je puisse tout vous dire... Imaginez, *monsieur* Popinga, que la maison Julius de Coster en Zoon sera demain matin en banqueroute frauduleuse et que la police sera lancée à ma recherche...

Heureusement que Kees avait vidé coup sur coup deux verres de genièvre ! Il pouvait croire que c'était l'alcool qui déformait sa vision, que ce n'était pas

Julius de Coster qui esquissait ce sourire d'un cynisme diabolique et qui caressait avec satisfaction son menton rasé de frais.

— Vous ne comprendrez pas tout ce que je vais vous expliquer, parce que vous êtes un vrai Hollandais, mais, plus tard, vous réfléchirez, *monsieur* Popinga...

Chaque fois, il répétait « *monsieur* Popinga » sur un ton différent, comme s'il se fût délecté de ces syllabes.

— Que ceci vous démontre d'abord que, malgré vos qualités et l'excellente opinion que vous avez de vous, vous êtes un pitoyable fondé de pouvoir, puisque vous ne vous êtes aperçu de rien... Voilà plus de huit ans, *monsieur* Popinga, que je me livre à des spéculations dont le moins qu'on puisse dire est qu'elles sont hasardeuses...

Il faisait encore plus chaud que chez Kees, à cette différence près que c'était une chaleur brutale, agressive, que vous envoyait sans ménagement un horrible poêle en fonte comme on en voit dans les petites gares. L'air sentait le genièvre et il y avait de la sciure de bois par terre, des cercles humides sur la table.

— Buvez, je vous en prie, et dites-vous qu'il vous restera toujours cette consolation-là ! D'ailleurs, la dernière fois que j'ai vu votre beau-frère, j'ai eu l'impression qu'il avait commencé à comprendre... Ainsi donc, vous êtes allé à bord et...

— Je suis allé chez vous...

24

— Où avez-vous vu la charmante Mme de Coster?
Le docteur Claes était-il là?

— Mais...

— Ne vous troublez pas, monsieur Popinga! Il y a
trois ans, presque jour pour jour, car cela a commencé une nuit de Noël, que le docteur Claes couche
avec ma femme...

Il buvait, fumait son cigare à petites bouffées,
ressemblait de plus en plus, aux yeux de Kees, à ces
diables gothiques qui ornent le portail de certaines
églises et dont on doit détourner le regard des
enfants.

— De mon côté, je dois ajouter que j'allais à
Amsterdam chaque semaine retrouver Paméla...
vous vous souvenez de Paméla, *monsieur* Popinga?

C'était à se demander s'il était vraiment ivre, tant il
conservait de calme, tandis que Kees, comme un
imbécile, rougissait au nom de Paméla.

Est-ce que Popinga n'en avait pas eu envie, comme
tout le monde? De même qu'il n'existe qu'une
maison hospitalière à Groningue, il n'existe qu'un
cabaret où l'on danse jusqu'à une heure du matin.

Il n'y était jamais entré, mais il avait entendu
parler de Paméla, une entraîneuse un peu forte,
brune et zézayante, qui était restée deux ans à
Groningue et qui promenait par la ville des toilettes
extravagantes tandis que, sur son passage, les dames
détournaient la tête.

— Eh bien! c'était moi qui entretenais Paméla...
C'est moi qui l'ai installée à Amsterdam au *Carlton,*
où elle me fait faire la connaissance de charmantes

camarades. Vous commencez à comprendre, *monsieur* Popinga ? Vous n'êtes pas encore trop saoul pour entendre ce que je vous dis ? Profitez de l'occasion, je vous en conjure ! Demain, quand vous penserez à tout ça, vous deviendrez un autre homme et peut-être ferez-vous quelque chose dans la vie...

Il riait ! Il buvait, il remplissait son verre et celui de son compagnon, dont les yeux commençaient à s'embuer.

— Je sais que c'est beaucoup pour une seule fois, mais je n'aurai pas le loisir de vous donner une seconde leçon... Prenez-en tout ce que vous pourrez en assimiler... Pensez au pauvre petit imbécile que vous étiez... Tenez ! Vous en voulez une preuve ?... Je vais vous en donner une sur le terrain professionnel... Vous avez votre brevet de capitaine au long cours et vous en tirez orgueil... La maison Julius de Coster possède cinq « clippers » dont vous vous occupiez spécialement... Or, vous n'avez pas remarqué que l'un d'entre eux n'a jamais fait que de la contrebande et qu'un autre a été coulé sur mon ordre en vue de la prime d'assurance !...

Dès ce moment, il se passa une chose inattendue. Kees devint, contre son attente, d'un calme presque surnaturel. C'était peut-être l'effet de l'alcool ? En tout cas, il n'eut plus une réaction et sembla écouter passivement tout ce qu'on lui disait.

Pourtant... Rien que le nom des cinq « clippers » de la maison !... *Eléonore I... Eléonore II... Eléonore III...* Et ainsi jusqu'à cinq ! Toujours le nom de Mme de Coster, celle-là que Kees venait de voir en peignoir, un long fume-cigarette aux lèvres, celle enfin qui, selon son mari, couchait avec le docteur Claes !

Encore le sacrilège n'était-il pas complet ! Au-dessus de Julius de Coster le Jeune et de sa femme, existait un être qui semblait placé à jamais au-dessus de toutes les contingences : Julius de Coster l'Ancien, père de l'autre, fondateur de la maison, qui, malgré ses quatre-vingt-trois ans, trônait encore, chaque jour, dans un bureau sévère.

— Je parie, disait maintenant son fils, que vous ne savez pas comment cette vieille canaille de papa a gagné sa fortune... C'était pendant la guerre du Transvaal... Il envoyait là-bas toutes les munitions ratées qu'il rachetait à bas prix dans les usines de Belgique et d'Allemagne... Maintenant, il est complètement gâteux, au point qu'il faut lui tenir la main pour le faire signer... Une autre bouteille, patron ! Buvez, cher *monsieur* Popinga... Demain, si cela vous fait plaisir, vous pourrez répéter ce discours à nos braves concitoyens... Moi, officiellement, je serai mort !...

Kees devait être complètement ivre et pourtant il ne perdait pas un mot, pas une expression de physionomie. Il lui semblait seulement que la scène se passait dans un monde irréel où il serait entré par mégarde et qu'une fois dehors il reprendrait pied dans la vie de tous les jours.

— Au fond, c'est encore pour vous que tout cela m'ennuie le plus... Remarquez que c'est vous qui avez insisté pour placer vos économies dans mon affaire... Je vous aurais vexé en refusant... C'est encore vous qui avez voulu faire bâtir une villa payable en vingt ans, si bien que, maintenant, si vous ne versez pas les annuités...

Il donna soudain une preuve terrible de son sang-froid en demandant :

— Au fait, est-ce que l'échéance n'est pas fin décembre ?

Il paraissait sincèrement navré.

— Je vous jure que j'ai fait ce que j'ai pu... Je n'ai pas eu de chance, voilà tout !... C'est une spéculation sur les sucres qui flanque tout par terre, et j'aime mieux aller recommencer ailleurs que me débattre parmi tous ces idiots solennels... Je vous demande pardon... Ce n'est pas pour vous que je parle... Vous êtes un bon garçon, et, si vous aviez été élevé autrement... A votre santé, mon vieux Popinga !...

Cette fois, il n'avait pas dit « *monsieur* Popinga » !

— Croyez-moi ! Les gens ne valent pas tout le mal qu'on se donne pour qu'ils pensent du bien de vous... Ils sont bêtes !... Ce sont eux qui exigent que vous preniez des airs vertueux et c'est à qui trichera le plus... Je ne voudrais pas vous chagriner, mais je pense soudain à votre fille, que j'ai encore aperçue la semaine dernière... Eh bien ! entre nous, elle vous ressemble si peu, avec ses cheveux sombres et ses yeux alanguis, que je me demande si elle est de vous... Qu'est-ce que cela peut faire, après tout ?... Ou, du moins, cela n'a pas d'importance si l'on triche soi-même... Tandis que, si l'on s'obstine à jouer franc jeu et qu'on est volé...

Il ne parlait plus pour son compagnon, mais pour lui, et il conclut :

— C'est tellement plus sûr de tricher le premier !... qu'est-ce qu'on risque ?... Ce soir, je vais aller déposer les vêtements de Julius de Coster le Jeune au bord du canal... Demain, tout le monde croira que je me suis suicidé plutôt que de supporter le déshonneur et ces imbéciles vont dépenser je ne sais combien de florins à faire draguer le canal... Pendant ce temps-là, le train de minuit cinq m'aura conduit loin d'ici... Dites donc !...

Kees tressaillit, comme tiré d'un rêve...

— Essayez, si vous n'êtes pas trop saoul, de bien comprendre ce que je vais vous dire... Avant tout, je veux que vous sachiez que je ne tente pas de vous acheter... De Coster n'achète personne et, si je vous ai confié tant de choses, c'est que je vous sais incapable d'aller les raconter... C'est entendu ? Maintenant, je me mets à votre place... En réalité, vous n'avez plus un sou et, comme je connais les gens de l' « *Immobilière* », à la première échéance impayée, on vous reprendra votre maison... Votre femme vous en voudra... Tout le monde croira que vous étiez mon complice... Vous retrouverez une place ou bien vous n'en retrouverez pas, et vous en serez réduit au même point que votre beau-frère Merkemans... J'ai mille florins en poche... Si vous restez ici, je ne peux rien pour vous... Ce n'est pas avec cinq cents florins que vous vous tirerez d'affaire... Mais si, par hasard, d'ici demain, il vous arrivait de comprendre... Tenez, mon vieux !

29

Et, d'un geste inattendu, de Coster poussa vers son compagnon la moitié de la liasse.

— Prenez-les !... Ce n'est pas tout... Je n'ai pas brûlé toutes mes cartouches et il ne se passera pas longtemps avant que je ne sois à nouveau à flot... Attendez !... Il y a un journal que je lis tous les jours depuis trente-cinq ans et que je continuerai à lire... C'est le *Morning Post...* Si vous ne restez pas ici et qu'il vous arrive d'avoir besoin de quelque chose, mettez une annonce signée Kees... Cela suffira... Maintenant, vous allez me donner un petit coup de main... Cela m'ennuyait de partir ainsi, tout seul, comme un pauvre... Qu'est-ce que je vous dois, patron ?

Il paya, prit son paquet par la ficelle et s'assura que son compagnon tenait bien sur ses jambes.

— Nous éviterons de passer par des rues trop éclairées... Réfléchissez, Popinga !... Demain, moi, je serai mort, ce qui est encore le mieux qui puisse arriver à un homme...

Ils passèrent devant la fameuse « maison », mais Kees n'eut pas une réaction, tant il était préoccupé par ses pensées et par le souci de son équilibre. Il avait voulu, par un dernier réflexe, porter le paquet de son patron, mais celui-ci l'avait repoussé.

— Venez par ici... C'est plus tranquille...

Les rues étaient vides. Groningue dormait, hormis le *Petit Saint Georges,* la « maison » et la gare.

Le reste ne fut qu'un rêve. On se retrouva sur la berge du Wilhelmine Canal, non loin d'un des *Eléonore,* l'*Eléonore IV,* qui chargeait des fromages pour la Belgique. La neige était dure comme de la glace. D'un geste machinal, Kees retint son patron qui risquait de glisser en allant poser les vêtements du paquet sur la berge. Il aperçut un instant le chapeau célèbre, mais n'eut pas envie de sourire.

— Maintenant, si vous n'avez pas trop sommeil, vous pouvez m'accompagner jusqu'au train... J'ai pris un billet de troisième classe...

C'était un vrai train de nuit, endormi, sordide, abandonné au bout d'un quai tandis que le chef de gare à casquette orange attendait d'avoir sifflé pour aller se coucher.

Des Italiens — d'où sortaient-ils ? — étaient étendus dans un compartiment parmi des ballots informes, tandis qu'un jeune homme en pardessus de ratine, précédé de deux porteurs, montait avec dignité dans un coupé de première classe et retirait ses gants pour chercher de la monnaie dans ses poches.

— Vous ne venez pas avec moi ?

De Coster disait cela en riant, et pourtant Kees en eut la respiration coupée. Malgré son ivresse, peut-être à cause d'elle, il comprenait beaucoup de choses et il aurait voulu dire...

Non ! Ce n'était pas le moment... Et puis, ce n'était pas au point... Julius de Coster croirait qu'il se vantait...

— Sans rancune, mon pauvre vieux... C'est la vie, je vous jure !... Pensez à l'annonce du *Morning Post*... Pas trop vite, car il me faut du temps pour...

Les wagons bougèrent à ce moment, avancèrent,

31

reculèrent, et Kees Popinga ne sut jamais comment il était rentré chez lui, ni comment il avait vu une dernière fois des ombres sur un rideau de la « maison », au second étage, cette fois, ni comment, enfin, il s'était déshabillé sans que « maman » trouvât quelque chose d'anormal à son attitude.

Cinq minutes plus tard, le lit démarrait à un rythme effrayant et Kees n'avait que la ressource de se raccrocher aux draps, avec la sensation angoissante qu'il allait être d'un moment à l'autre renversé dans le Wilhelmine Canal, où les gens de l'*Océan III* ne feraient rien pour le repêcher.

CHAPITRE II

*Comment Kees Popinga, encore qu'ayant dormi du
mauvais côté, se réveille d'humeur enjouée et comment il hésita entre Eléonore et Paméla.*

D'habitude, quand par hasard il se couchait sur le
flanc gauche, Kees avait un sommeil pénible. En
proie à une sensation d'oppression, il respirait par
saccades, s'agitait, poussait des gémissements qui
éveillaient Mme Popinga, laquelle, avec autorité, lui
faisait reprendre une position plus favorable.

Or, il venait de dormir sur le côté gauche et il ne se
souvenait pas d'un seul rêve désagréable. Mieux
encore : lui qui avait peine, le matin, à reprendre ses
esprits, retrouvait soudain, d'une seconde à l'autre,
une lucidité totale.

Ce qui l'avait réveillé, sans qu'il prît la peine
d'ouvrir les yeux, c'était un léger bruit de ressorts qui
indiquait le lever de Mme Popinga. Les autres jours,
Kees, à cet instant, s'enfonçait franchement dans le
sommeil en pensant qu'il avait encore une demi-
heure de bon.

Cette fois, non ! Et même, quand sa femme fut debout, il écarta prudemment les paupières afin de la regarder qui, devant la glace, retirait les épingles de ses cheveux.

Elle ne se savait pas observée et elle avait des mouvements furtifs, afin de ne pas réveiller son mari. Elle passa dans la salle de bains, où elle fit de la lumière, et Kees la voyait encore à chaque instant dans l'encadrement de la porte.

Dans la rue, l'homme n'était pas passé pour éteindre les becs de gaz, mais on entendait un crissement cadencé, celui des pelles qui ramassaient la neige. En bas, la servante, qui n'avait jamais pu remuer en silence, semblait se battre avec son poêle et avec les casseroles.

Maman, elle, l'œil rêveur, mettait un pantalon bien chaud que des élastiques fermaient hermétiquement au-dessus des genoux. Puis elle se promenait, dans cette tenue, se lavait les dents, crachait en faisant une drôle de grimace, exécutait mille gestes rituels sans penser qu'on pouvait la regarder.

La sonnerie d'un réveil se déclencha dans la chambre du gamin et il y eut des bruits de ce côté-là aussi, tandis que Kees, bien calé sur le dos, décidait froidement de ne pas se lever.

Voilà ! Ce fut sa première grande décision de la journée. Il ne voyait aucune raison de se lever, puisque la maison Julius de Coster était en faillite ! Il s'amusait d'avance à l'émoi de sa femme quand il lui annoncerait sa détermination de rester au lit !

34

Tant pis ! Elle en verrait bien d'autres, cette pauvre *maman* !

Au fait, à propos de *maman*, Kees avait un souvenir tout à fait d'actualité. Un jour, cinq ans auparavant, il avait acheté un canot en acajou, qu'il avait baptisé le *Zeedeufel*, c'est-à-dire le démon de la mer, et qui était vraiment, sans parti pris, une petite merveille, verni, luisant, garni de cuivres, fin de lignes, un bijou d'étagère encore plus qu'une embarcation.

Comme c'était très cher, Kees en avait ressenti une certaine griserie et, le soir, il avait fait avec complaisance le compte de ce qu'ils possédaient : la maison, les meubles, de pleines armoires de linge, des couverts en argent...

Bref, ce soir-là, le ménage était tellement persuadé de sa richesse que, par boutade, on envisagea le cas d'une ruine subite.

— J'y ai parfois pensé, avait déclaré *maman* avec son calme inattaquable. Avant tout, il faudrait vendre ce que nous avons et placer les enfants dans une bonne pension pas trop chère. Vous, Kees, vous trouveriez sûrement à reprendre du service à bord d'un bateau. Moi, j'irais à Java, où je chercherais une place d'économe dans un grand hôtel. Vous vous souvenez de la tante de Maria, qui a perdu son mari ? C'est ce qu'elle a fait et il paraît qu'elle est fort bien considérée...

Il faillit rire, vraiment, en constatant :

« Eh bien ! ça y est... Nous sommes ruinés !...

C'est le moment d'aller compter les draps et les serviettes dans un grand hôtel de Java... »

Comme quoi, quand on essaie d'envisager les choses à l'avance, on ne peut dire que des bêtises. Car, d'abord, on allait leur prendre leur maison et vendre tout ce qu'ils possédaient. Ensuite, ce n'était pas le moment, en pleine crise économique mondiale, de trouver un engagement sur un bateau.

D'ailleurs, Popinga n'en avait pas la moindre envie ! Et s'il avait dû dire tout de go de quoi il avait envie, il aurait bien été forcé de répondre : d'Eléonore de Coster ou de Paméla !

Pour l'instant, c'est ce qui surnageait des événements de la veille : Eléonore dans son peignoir de soie, avec son long fume-cigarette vert et ses cheveux noirs sur la nuque... Puis l'idée que le docteur Claes, qui était un ami, avec qui il jouait aux échecs...

Et Paméla, là-bas, à Amsterdam, qui réunissait de jeunes amies pour le seul plaisir d'un Julius de Coster transformé en satrape...

Les fenêtres pâlissaient, étoilées de givre. Le gamin était descendu et devait être occupé à prendre son petit déjeuner, car l'école commençait à huit heures. Plus lente, comme sa mère, et plus méthodique, Frida rangeait sa chambre.

— Il est sept heures et demie, Kees !

Maman était là, dans l'encadrement de la porte, et Popinga lui fit répéter deux fois son appel avant de s'étirer et de déclarer :

— Je ne me lèverai pas ce matin.

— Vous êtes malade ?

36

— Je ne suis pas malade, mais je ne me lèverai pas.

Il était d'humeur à faire des farces. Il se rendait compte de l'énormité de sa décision et, entre les cils, il guettait les réactions de sa femme qui s'avançait vers le lit, les traits figés par la stupeur.

— Que se passe-t-il, Kees? Vous n'irez pas au bureau aujourd'hui?

— Non!

— Vous avez prévenu M. Julius de Coster?

— Non!

Le plus fort, c'est qu'il s'avisait que son attitude n'était pas forcée, mais qu'elle correspondait à son véritable caractère. Oui! c'est ainsi qu'il aurait toujours dû être!

— Ecoutez-moi, Kees... Vous êtes mal réveillé... Si vous êtes malade, dites-le franchement, mais ne m'effrayez pas pour rien...

— Je ne suis pas malade et je reste dans mon lit. Faites-moi monter du thé, voulez-vous?

C'est ce que de Coster lui-même n'aurait pas compris! Il avait cru l'écraser par sa confession et Kees n'avait pas été écrasé le moins du monde!

Etonné seulement qu'un autre, et surtout son patron, ait eu les mêmes idées que lui, les mêmes rêves plutôt, puisque, pour Kees, c'était resté à l'état de rêverie.

Les trains par exemple... Il n'était plus un enfant et ce n'était pas le prestige de la mécanique qui l'attirait... S'il préférait les trains de nuit, c'est qu'il devinait en eux quelque chose d'étrange, de presque vicieux... Il avait l'impression que les gens qui partent de la sorte partent pour toujours, surtout quand, en troisième classe, il voyait s'entasser des familles pauvres avec des ballots...

Comme les Italiens de la veille...

Donc, Kees avait rêvé d'être autre chose que Kees Popinga. Et c'était justement pour cela qu'il était tellement Popinga, qu'il l'était trop, qu'il exagérait, parce qu'il savait que, s'il cédait sur un seul point, rien ne l'arrêterait plus.

Le soir... Oui, quand, le soir, Frida commençait ses devoirs et que *maman* travaillait à son album... Quand il tournait le bouton de la T.S.F. en fumant un cigare et qu'il faisait trop chaud... Il aurait pu se lever et déclarer carrément :

— Ce qu'on s'embête, en famille !

C'est pour ne pas le dire, pour ne pas le penser, qu'il regardait le poêle en se répétant que c'était le plus beau poêle de Hollande, qu'il observait *maman* en se persuadant que c'était une belle femme et qu'il décidait que sa fille avait des yeux rêveurs...

Et encore quand il passait devant la fameuse « maison »... Il est probable que, s'il y était entré une seule fois, tout eût été fini... Il aurait continué... Il aurait entretenu des Paméla... Il aurait peut-être fait des choses défendues, car il avait plus d'imagination que de Coster le Jeune...

La porte de la rue s'ouvrit et se referma, on entendit la sonnerie d'un vélo, celle du vélo de Carl, qui allait à l'école. Dans un quart d'heure, ce serait le tour de Frida...

— Voici votre thé... Il est très chaud... Vous êtes sûr que vous n'êtes pas malade, Kees ?

— Absolument sûr.

Ce qui était exagéré, il s'en apercevait maintenant. Tant qu'il était resté immobile dans les draps, il s'était cru le corps parfaitement à l'aise, mais voilà qu'en s'asseyant pour prendre son thé, il ressentait une vive douleur à la nuque et qu'il était en proie à une sorte de vertige.

— Vous êtes pâle. Vous n'avez pas eu d'ennuis avec l'*Océan III,* au moins ?

— Moi ? Pas du tout.

— Vous ne voulez pas me dire ce que vous avez ?

— Si. Je vais vous le dire. *J'ai que je voudrais qu'on me f... la paix !*

C'était aussi énorme que de rencontrer Julius de Coster au *Petit Saint Georges.* Jamais un mot pareil n'avait été prononcé dans la maison, qui devait en trembler sur ses fondations. Le plus fort, c'est qu'il le prononçait sans colère, de sang-froid, comme il eût redemandé du thé ou du sucre.

— Vous allez me faire un plaisir, *maman,* c'est de ne plus me poser de questions. J'ai quarante ans et je vais peut-être pouvoir commencer à me conduire tout seul...

Elle hésita à sortir, ne put s'empêcher de lui arranger l'oreiller derrière la tête, s'arrêta à mi-chemin pour lui lancer un regard navré et referma enfin la porte sans bruit.

« Je parie qu'elle va pleurer ! » songea-t-il en l'entendant rester immobile sur le palier.

C'était assez déroutant d'être là, dans son lit, à pareille heure, sans être malade, sans que ce soit dimanche. Frida partit à son tour et, dès lors, il vécut des heures de la maison qu'il n'avait jamais vécues, entendit apporter le lait, puis commencer le nettoyage du rez-de-chaussée, choses qu'il ne connaissait qu'en théorie.

La plus désirable des deux était sans contredit Eléonore ! Par contre, il ne se sentait pas de plain-pied avec elle. Certes, il valait le docteur Claes, qui avait le même âge que lui et qu'il battait régulièrement aux échecs. Au surplus, Claes fumait la pipe et la plupart des femmes n'aiment pas ça.

Paméla, c'était plus facile. Surtout maintenant qu'il savait !

Dire que, pendant deux ans, elle avait habité Groningue et qu'il n'avait jamais osé !

Une idée le frappa et il se leva, marcha pieds nus sur le linoléum, ressentant plus que jamais un vertige lancinant.

Il voulait s'assurer que sa femme n'avait pas emporté son complet pour le brosser car, dans ce cas-là, elle retournerait les poches et elle trouverait par conséquent les cinq cents florins.

Le veston était sur une chaise. Kees prit l'argent, le glissa sous son oreiller, faillit se rendormir dans la chaleur retrouvée du lit.

Oui, c'était Paméla qu'il valait mieux choisir... Pourquoi de Coster lui avait-il fait remarquer que sa fille Frida était brune et ne lui ressemblait pas ?

C'était vrai. N'empêche qu'on imaginait difficilement qu'une femme comme *maman* l'eût trompé dès la première année de leur mariage !

Depuis l'occupation espagnole, n'y a-t-il pas des quantités de gens bruns en Hollande ? Et l'atavisme ne saute-t-il pas plusieurs générations ?

Sans compter que cela lui était égal. Voilà ce qui aurait étonné ce Julius de Coster, qui avait cru l'épater ! *Cela lui était égal !* Du moment qu'il n'était plus fondé de pouvoir et que sa villa ne lui appartenait plus, du moment qu'un seul détail était changé, le reste pouvait s'écrouler aussi.

Il était prêt à fumer la pipe comme Claes, à manger du fromage de troisième qualité et à entrer dans tous les cafés *vergüning* de la ville pour commander du genièvre sans une nuance de honte dans la voix.

Un rayon de soleil naissait, qui pénétrait obliquement dans la chambre, à travers une mousseline à pois, et qui allait trembloter dans le miroir de l'armoire à glace. En bas, les deux femmes s'agitaient, remuaient seaux et torchons et, de temps en temps, *maman* devait tendre l'oreille en se demandant ce qu'il faisait.

On sonna. On discuta à mi-voix, dans le corridor. Mme Popinga monta, entra dans la chambre, avec l'air de s'excuser, prononça d'une voix navrée :

— On vient pour la clef...

La clef de la maison de Coster, bien sûr ! Ils devaient être tous devant la porte, à faire des suppositions ébouriffantes.

— Poche droite de mon veston...

— Vous n'avez rien à leur faire dire ?

— Absolument rien.

— Vous n'envoyez pas un petit mot à M. de Coster ?

— Non !

C'était à proprement parler inouï. Jamais il n'aurait osé penser à une chose pareille. La preuve, c'est que quand, pour se donner l'illusion d'être riches, ils avaient parlé de la ruine, ils n'avaient envisagé que des stupidités, comme l'économat à Java et une place de deuxième officier à bord d'un bateau...

Jamais de la vie ! Ni cela, ni autre chose ! Puisque c'était fini, c'était bien fini, une fois pour toutes, et il fallait en profiter !

Il se repentait même de n'avoir pas eu la présence d'esprit, la veille, de le déclarer à de Coster. Il l'avait laissé parler. L'autre l'avait pris pour un imbécile, en tout cas pour un bonhomme timide, incapable d'une décision, alors que sa décision était déjà presque prise.

Il aurait dû lui déclarer simplement :

— Savez-vous ce que je vais faire pour commencer ? Je vais aller trouver Paméla à Amsterdam...

Ça, c'était un vieux compte qu'il avait à régler. Cela ne paraissait peut-être pas très sérieux ; c'était néanmoins le plus urgent, car ce qui humiliait le plus Kees, c'était de ne jamais avoir osé, d'être passé chaque semaine devant certaine maison en rougissant comme un collégien vicieux, alors que...

Donc, ce point-là était acquis. Paméla d'abord ! Ensuite...

On verrait ! Si Kees ignorait ce qu'il ferait, il savait

parfaitement ce qu'il ne ferait pas et, de cela aussi, il avait été question la veille au soir, sans qu'il eût le sang-froid nécessaire pour parler.

De Coster n'avait-il pas fait allusion à Arthur Merkemans ? Et Claes n'en avait-il pas touché deux mots, lui aussi, avec l'air de dire :

— Votre beau-frère est encore venu me taper. C'est un triste individu !

Donc, Kees ne deviendrait pas un second Merkemans. Il connaissait la situation à Groningue mieux que personne. Il ne se passait pas de semaine sans que des gens, qui avaient plus de diplômes que lui, ne vinssent solliciter un emploi quelconque. Et les plus odieux étaient précisément ceux qui avaient des vêtements élégants, encore qu'élimés, et qui soupiraient :

— J'ai été directeur de telle maison. Néanmoins, j'accepterais n'importe quoi, car j'ai une femme et des enfants...

Ils allaient de maison en maison avec une serviette sous le bras. Certains essayaient de placer des aspirateurs électriques ou des assurances sur la vie.

— Non ! affirma Kees à voix haute, en se regardant, de loin, dans la glace.

Il n'attendrait pas que ses complets fussent usés, ses souliers à trous, ni que les camarades du cercle d'échecs eussent pitié de lui au point de ne pas lui réclamer sa cotisation, comme cela s'était passé pour un membre, avec vote de comité, bonté générale et tout...

D'ailleurs, il n'était question de rien de semblable.

Certes, il n'aurait pas été capable de provoquer ce qui venait d'arriver...

Mais, puisque c'était arrivé quand même, autant en profiter...

— Qu'est-ce que c'est encore ? cria-t-il.

— Mme de Coster fait demander si vous n'avez pas de nouvelles de son mari. Il paraît qu'il n'est pas rentré cette nuit et que...

— Qu'est-ce que vous voulez que ça me fasse ?

— Je dois lui répondre que vous ne savez pas ?

— Répondez-lui qu'elle aille au diable, avec son amant !

Après ça, si Mme Popinga savait encore où elle en était...

— Surtout, fermez la porte, je vous en prie. Dites à la servante de ne pas faire autant de bruit avec son seau...

Il avait mal à la tête et il rappela sa femme pour lui demander une orange, car sa bouche était pâteuse, sa langue épaisse.

Le rayon de soleil s'élargissait. On sentait que dehors il faisait un froid sec et capiteux, et on percevait les bruits du port, les sirènes des bateaux qui atteignaient le premier pont du Wilhelmine Canal et qui réclamaient le passage. Est-ce que l'*Océan III* était toujours à quai ? C'était probable. Le commandant devait avoir acheté du mazout à un concurrent, sans doute à Wrichten, qui se demandait ce que cela signifiait.

Au bureau, les employés n'y comprenaient rien et attendaient son arrivée...

Donc — il aimait récapituler, en se donnant du plaisir d'avance — Paméla d'abord... Julius de Coster lui avait dit qu'elle occupait un appartement à l'hôtel *Carlton*...

Après quoi, avec ses cinq cents florins, il prendrait un train, un train de nuit, lui aussi, *L'Etoile du Nord,* par exemple...

Allait-on tarder longtemps à découvrir les vêtements de Julius de Coster ? Il y avait un marchand d'articles de pêche non loin de l'endroit où ils étaient déposés. Le chapeau noir devait trancher sur la neige de la berge...

— Ecoutez, *maman,* si vous me dérangez encore, je...

— Kees ! C'est affreux... C'est inimaginable !... Votre patron s'est noyé... Il s'est...

— Qu'est-ce que vous voulez que ça me fasse ?

Et, parlant ainsi, il se regardait dans la glace pour s'assurer que son visage était rigoureusement imperturbable. Cela l'amusait ! Il s'était toujours regardé dans la glace, même quand il était encore gamin. Il prenait une attitude ou une autre. Il corrigeait des détails.

Au fond, il avait peut-être toujours été un comédien et, pendant quinze ans, il s'était complu à rencontrer une image digne et impassible, celle d'un bon Hollandais sûr de soi, de son honorabilité, de sa vertu, de la première qualité de tout ce qu'il possédait.

— Comment pouvez-vous parler ainsi, Kees ?...

Vous ne comprenez pas ce que je veux dire?... Julius de Coster s'est jeté à l'eau volontairement...

— Et après?

— Vous allez me faire croire que vous saviez quelque chose...

— Pourquoi voulez-vous que je m'affole parce qu'un homme s'est suicidé?

— Mais c'est... C'est votre patron et...

— Il est libre de faire ce qu'il veut, n'est-ce pas? Je vous ai déjà demandé de me laisser dormir...

— Ce n'est pas possible! Un employé est en bas et insiste pour vous voir...

— Dites-lui que je dors.

— La police viendra sans doute vous poser des questions...

— Il sera temps de me réveiller.

— Kees!... Vous me faites peur!... Vous n'êtes pas dans votre assiette... Vos yeux ne sont plus les mêmes...

— Faites-moi monter des cigares, voulez-vous?

Cette fois, elle fut persuadée que son mari était gravement malade, surmené à tout le moins, peut-être un peu fou. D'une voix résignée, elle commanda à la servante de monter une boîte de cigares parce qu'il valait mieux ne pas le contrarier. Elle chuchota longtemps, dans le corridor, avec l'employé, qui partit la tête basse.

— Monsieur ne se sent pas bien? crut devoir murmurer la domestique en pénétrant dans la chambre?

— Monsieur ne s'est jamais senti aussi bien ! Qui vous a dit cela ?

— C'est Madame...

Il devait être dix heures, et une quinzaine de bateaux, à cette heure-là, étaient en plein déchargement au port. C'était quand même, surtout par ce soleil, un joli coup d'œil, qu'il regrettait, surtout que la plupart de ces bateaux avaient des listons verts, rouges ou bleus, qui se reflétaient dans l'eau du canal, et que certains profitaient de l'air calme pour mettre leurs voiles à sécher...

De son bureau, les autres matins, il les voyait... Il connaissait tous les capitaines et tous les mariniers... Il connaissait aussi le son de chaque sirène et il pouvait annoncer :

— Tiens ! le *Jésus-Maria* qui passe le deuxième pont... Il sera ici dans une demi-heure...

Puis, à onze heures précises, le garçon de bureau lui montait une tasse de thé avec deux gâteaux secs...

Pendant ce temps-là, Julius de Coster le Vieux était dans son bureau, tout seul, derrière les portes matelassées. Dire que personne ne s'était avisé qu'il était gâteux ! On l'installait dans un fauteuil comme une momie, ou comme l'enseigne de la maison ! On ne le laissait voir que quelques instants, et les clients prenaient pour de la sagesse son absence totale d'intelligence !

Kees s'agita dans son lit qui devenait moite. Son pyjama était mouillé sous les bras. Cependant il hésitait encore à se lever, parce qu'alors il faudrait agir.

Couché dans sa chambre, il pouvait tout faire en esprit et Paméla lui semblait proche, Eléonore de Coster l'effarouchait à peine en dépit de son fume-cigarette orgueilleux.

Mais quand il allait revêtir les vêtements gris de Kees Popinga et se retrouver debout, rasé de frais, bien lavé, ses cheveux blonds collés au crâne par le cosmétique?

Déjà il devait lutter un petit peu contre sa curiosité, voire contre un autre sentiment plus confus pour ne pas aller là-bas s'occuper de ce qui se passait. le capitaine de l'*Océan III* était capable, brutal et vulgaire comme Kees le connaissait, d'avoir ameuté tout le port et de réclamer des dommages-intérêts...

Si vraiment la police se présentait au bureau?... C'était si inattendu qu'on ne pouvait prévoir comment cela se passerait... Tout le rez-de-chaussée était occupé par les magasins — de vrais magasins et non des boutiques — où il y avait de la marchandise entassée jusqu'au plafond et des magasiniers en tablier de toile bleue.

Dans un coin, un bureau vitré, dont une fenêtre donnait sur le port tandis que les trois autres côtés ouvraient sur les magasins : le bureau de Kees, qui jouait là-dedans le rôle de chef d'orchestre.

Au premier, encore des réserves, puis des bureaux ; et des bureaux au second, au-dessus de la bande large de deux mètres où figuraient en noir sur blanc les mots : *Julius de Coster en Zoon — Shipshandler.*

Il eut le courage de ne pas se lever, mais il était

contrarié qu'on le laissât si longtemps seul, bien qu'il eût donné l'ordre formel de ne pas le déranger.

Qu'est-ce qu'elles faisaient, en bas, les deux femmes ? Pourquoi ne les entendait-on plus ? Et pourquoi ne venaient-elles pas l'interroger sur le suicide de son patron ?

Il ne dirait rien évidemment. Mais ça le vexait qu'on ne fît pas appel à lui plus tôt.

Il mangea son orange, sans couteau, jeta les épluchures par terre pour vexer *maman,* et il s'enfonça dans les draps, dans l'oreiller, ferma les yeux, s'obligea à penser à Paméla et à tout ce qu'il ferait avec elle.

Le sifflet d'un train l'atteignit comme une promesse ; déjà, dans un demi-sommeil, il décidait de ne pas partir de jour, ce qui ne serait pas assez nostalgique, mais d'attendre, sinon la nuit, tout au moins l'obscurité, qui tombait vers quatre heures.

Paméla était brune, comme Eléonore... Elle était plus grassouillette que celle-ci... Mme Popinga, elle, était forte, mais pas grassouillette... Elle éprouvait toujours une certaine honte quand, le soir, Kees se montrait tendre et elle sursautait au moindre bruit, hantée par la pensée que les enfants pourraient entendre...

Kees pensait de toutes ses forces à Paméla, puis, malgré lui, à son insu, il évoquait des images de la maison de Coster en Zoon, des coins du port, des bateaux en chargement ou en déchargement et, quand il s'en apercevait, il se couchait sur l'autre flanc, lourdement, recommençait :

« Quand j'arriverai dans son appartement du *Carlton*, je lui dirai... »

Il reprenait, seconde par seconde, les événements tels qu'il les prévoyait.

— Papa ?

Il avait dormi, c'était sûr, puisqu'il se dressait en sursaut, regardait avec stupeur sa fille qui pleunichait.

— Qu'est-ce que tu as fait à maman ?

— Moi ?

— Elle pleure. Elle dit que tu n'es pas dans ton état normal, qu'il se passe des choses épouvantables...

Comme c'était malin !

— Où est-elle, ta mère ?

— Dans la salle à manger... On va se mettre à table... Carl est rentré... Maman ne voulait pas que je monte...

Frida pleurait sans pleurer, ce qui était une de ses spécialités. Alors qu'elle était toute petite, elle avait cette manie de larmoyer sans raison, avec l'air d'être une victime de la brutalité du monde. Pour un oui ou pour un non, pour un regard un peu sévère, elle fondait !

Mais c'était tellement automatique, tellement régulier qu'on se demandait si elle était vraiment triste.

— C'est vrai que M. de Coster est mort ?

— Qu'est-ce que tu veux que ça me fasse ?

— Maman prétend que tu es malade...

— Moi ?

50

— Elle veut faire venir le docteur Claes, mais elle a peur que tu te fâches...

— Elle a rudement raison. Je n'ai pas besoin du docteur Claes, ni de personne...

Drôle de fille, vraiment ! Kees ne l'avait jamais comprise, et maintenant moins que jamais. Qu'est-ce qu'elle faisait là, à le regarder dans son lit, avec des yeux apeurés ? Est-ce qu'il lui avait jamais fait mal ?

Avec ça, malgré ses larmes, une faculté inouïe de retomber dans la réalité.

— Que dois-je dire à maman ? Que tu descends déjeuner ?

— Je ne descendrai pas.

— On doit manger sans toi ?

— C'est cela ! Mangez ! Pleurez ! Mais, pour l'amour de Dieu, qu'on me laisse tranquille !

Ce n'était pas qu'il eût des remords. N'empêche que c'était gênant. Il eût mieux fait de partir le matin, avec l'air de rien, en laissant croire qu'il se rendait à son bureau comme les autres jours.

Maintenant, il n'était même plus très sûr de ce qu'il allait faire. Il prévoyait des tas d'ennuis. Et, par-dessus tout, il appréhendait de voir arriver son beau-frère Merkemans qui, avec son air affectueux, proposerait ses bons offices. Car il était comme ça ! Il n'y avait pas un mort dans le quartier sans qu'il allât s'offrir pour le veiller !

— Va manger... Laisse-moi...

Si seulement il avait pu avaler deux ou trois verres d'alcool !

Mais il n'y en avait pas à la maison. A peine un

flacon de bitter, pour les grandes occasions, quand il venait quelqu'un à l'improviste. Encore la carafe était-elle sous clef dans la partie gauche du buffet !

— Au revoir, Frida !

— Au revoir, papa.

Elle ne comprit pas qu'il disait cela d'une façon toute spéciale, malgré lui, et elle ne sentit pas qu'il la suivait des yeux jusqu'à la porte, puis qu'il s'enfonçait le visage dans l'oreiller.

En vérité, il ne savait plus. Il avait toutes les peines du monde à penser à Paméla et au reste.

Heureusement qu'à deux heures on vint lui dire que la police, qui s'était installée dans les bureaux de Coster, désirait l'entendre.

Il s'habilla avec soin, se regarda longuement dans la glace, descendit et fut un bon moment à tourner autour de sa femme.

— Vous croyez que je ne ferais pas mieux de vous accompagner ? risqua-t-elle.

C'est ce qui le sauva. Il allait encore hésiter. Mais le fait que, sans raison, elle pressentait le danger, le fait qu'elle se préparait à y faire front...

— Je suis assez grand pour régler ces affaires-là tout seul.

Elle avait les yeux rouges, le nez aussi, comme toujours quand elle avait pleuré. Elle n'osait pas le regarder en face, ce qui prouvait qu'elle avait ses idées de derrière la tête.

— Tu prends ton vélo ?

— Non !

C'était rare qu'elle lui dît tu, mais cela arrivait dans les grandes occasions.

— Pourquoi pleures-tu ? s'impatienta-t-il.

— Je ne pleure pas.

Elle ne pleurait pas, mais de grosses larmes roulaient le long de ses joues !

— Imbécile !

Ce mot-là, elle ne devait jamais le comprendre, elle ne devait jamais savoir que c'était le mot le plus tendre qu'il lui eût adressé de sa vie.

— Tu ne rentreras pas trop tard ?

Le plus bête, c'était qu'il était prêt à pleurer, lui aussi. Les cinq cents florins étaient dans sa poche. Mais il n'avait pas touché aux deux cents florins qui se trouvaient dans la chambre pour payer une facture le surlendemain.

— Tu as tes gants ?

Il les avait oubliés. Elle les lui apporta, ne l'embrassa pas, car cela ne se faisait pas dans la maison. Elle se contenta de rester sur le seuil, le corps un peu penché, tandis qu'il s'éloignait en faisant craquer la neige sous ses caoutchoucs.

Il eut toutes les peines du monde à ne pas se retourner.

CHAPITRE III

D'un petit carnet de maroquin rouge acheté un florin
un jour que Popinga avait gagné aux échecs.

Le train avait quitté Groningue depuis un quart
d'heure. Comme il était quatre heures et demie et
qu'il faisait déjà nuit, on n'avait pas la ressource de
regarder par la portière. Kees Popinga était installé
dans un compartiment de seconde classe avec deux
autres personnes : un petit monsieur maigre qui
devait être huissier ou clerc de notaire et, dans le coin
opposé, une femme d'un certain âge, en grand deuil.

La main de Kees, dans sa poche, rencontra par
hasard un petit calepin relié en maroquin rouge, doré
sur tranche, qu'il avait acheté un florin pour y noter
ses parties d'échecs les plus difficiles.

Le geste n'avait rien d'extraordinaire. Kees était
absolument désœuvré. Dans le calepin, il n'y avait
encore que deux parties de notées, c'est-à-dire deux
pages couvertes de signes conventionnels.

Alors, il arriva qu'il prit le crayon planté dans la
reliure et qu'il écrivit :

Parti de Groningue par le train de 16 h 7.

Après quoi, il remit le calepin dans sa poche, ne le reprit qu'après la gare de Sneek pour ajouter :

Arrêt trop court pour boire un verre.

Or, beaucoup plus tard, ce calepin, ces notes, allaient servir aux aliénistes pour établir que, dès son départ de Groningue, il était fou !

Est-ce que sa femme était folle, elle qui gardait précieusement son album de jeune fille et qui, le soir, quand elle n'avait pas de chromos à coller, y écrivait sans rire :

Acheté de nouveaux souliers pour Carl. Frida est allée chez le coiffeur... ?

Au surplus, il n'y aurait pas que le calepin. Les gens avec qui il voyageait et qui, maintenant, ne le remarquaient pas, allaient tous, plus tard, se souvenir de détails suggestifs.

Rien pourtant, dans son comportement, ne le désignait à la curiosité. Il était calme. Peut-être était-il d'un calme exagéré ? Il s'en aperçut lui-même et cela lui rappela deux circonstances de sa vie où il avait fait preuve du même sang-froid involontaire.

La première anecdote lui revint en mémoire à cause du carnet rouge, car c'était une histoire de jeu d'échecs. Un soir, au club, il venait de gagner coup sur coup trois parties quand le vieux Copenghem, qui ne pouvait pas le sentir, s'était mis à ricaner :

— C'est facile, du moment que vous ne jouez qu'avec des gens plus faibles que vous !

Popinga, piqué au vif, avait riposté. On en était arrivé aux défis, et Kess avait fini par proposer de rendre à Copenghem un fou et une tour.

Il revoyait encore la partie, une des plus célèbres du cercle. Bien que Copenghem fût excellent joueur, Popinga feignait d'être sûr de lui et même, ce qui mettait l'autre en rage, d'aller se promener entre les coups. Sur un guéridon, à côté de lui, il y avait un demi de bière de Munich dont on venait de recevoir un tonneau.

Après une heure, pendant laquelle Popinga ne cessa d'être d'une ironie agressive, l'autre, soudain, un mince sourire aux lèvres, le mit échec et mat.

C'était ce qui pouvait arriver de plus désagréable. Vingt personnes et plus avaient assisté à la partie et aux rodomontades de Popinga.

N'empêche que celui-ci ne broncha pas, ne pâlit pas, ne rougit pas. Il devint au contraire d'un calme irréel et prononça d'une voix paisible :

— Ce sont des choses qui arrivent, n'est-ce pas ?

En même temps, il saisissait sans en avoir l'air un des fous du jeu. Ce jeu, en ivoire sculpté, connu de tout Groningue, appartenait en propre à Copenghem, qui prétendait ne pouvoir jouer avec d'autres pièces que les siennes.

Popinga avait choisi le fou noir. D'un coup d'œil il

avait tout calculé, et l'instant d'après il laissait tomber le fou dans son verre de Munich.

Une autre partie allait commencer. On s'aperçut de la disparition du fou et on chercha partout, on alerta le garçon, on fit toutes les suppositions imaginables sans penser à ce verre de bière brune que Kees eut soin de ne pas boire et qu'on dut vider Dieu sait où, car Copenghem ne rentra jamais en possession de son fou.

Eh bien ! pendant qu'on cherchait de la sorte, Popinga avait joui du même calme béat que maintenant, dans le train, tandis qu'il pensait aux gens de Groningue, à qui il jouait le bon tour de disparaître.

Ce qui ne devait pas empêcher la dame en deuil de déclarer, deux jours plus tard :

— Il avait un regard d'homme traqué ; il lui est arrivé deux fois de rire tout seul...

Pas de rire, mais de sourire ! La première fois, à cause de l'histoire de Copenghem ; la seconde, à cause de l'oxtail.

C'était plus récent. Cela datait de l'année précédente, quand Jef Van Duren avait été nommé professeur à la Faculté de médecine. Van Duren, qui était un ami de toujours, avait donné un grand dîner. Pendant qu'on servait le vermouth, Kees avait gagné la cuisine, où il avait l'habitude de lutiner Maria, la servante, qui était appétissante.

Or, comme il tentait de la caresser, elle lui avait déclaré :

— Puisque vous n'êtes pas sérieux, je reviendrai quand vous ne serez plus là...

Et elle était descendue à la cave, où elle devait avoir affaire.

C'était d'autant plus humiliant que Maria était à peu près la seule femme avec qui Kees se permît des privautés et que, chaque fois, il en avait le sang à fleur de peau.

Pourtant, il était resté calme, terriblement calme, et, comme il l'avait fait du fou de la bière, il avait avisé, sur le fourneau, une casserole d'oxtail — un potage que les Van Duren ne servaient que dans les grands jours. Sur une étagère, des boîtes étaient rangées, dont deux portaient le mot sel. Il en avait ouvert une et il avait versé dans l'oxtail une bonne partie de son contenu ; après quoi, l'air innocent, il était retourné au salon.

L'effet fut beaucoup plus drôle qu'il l'avait escompté. La boîte marquée sel, Dieu sait pourquoi, contenait du sucre en poudre et, pendant une bonne minute, on ne vit autour de la table que des visages effarés, des sourcils froncés, des gens qui goûtaient à nouveau une cuiller de potage sans parvenir à se faire une opinion.

Voilà de quel calme il faisait preuve aujourd'hui encore. A six heures, le train le déposa à Stavoren sans qu'il eût eu le temps de boire un verre, alors que depuis longtemps il avait soif. A Stavoren, il avait juste le temps de prendre place à bord du bateau faisant la traversée du Zuiderzee ; heureusement, à bord de ce bateau, on pouvait se faire servir des consommations.

— Deux verres de genièvre, dit-il le plus naturellement du monde au steward.

Il disait deux, car il savait qu'il en boirait deux et il était inutile de faire courir deux fois le garçon à travers tout le bateau. La veille, Julius de Coster exigeait bien qu'on laissât la bouteille sur la table, au *Petit Saint Georges,* et le patron n'y voyait rien d'anormal.

Pourquoi, alors, le steward déclarerait-il par la suite :

— Il avait l'air d'un fou et il m'a commandé deux verres de genièvre d'un seul coup...

Après quarante minutes de traversée, il reprit le train, à Enkhuizen, pour Amsterdam où il arriva quelques minutes après huit heures. Ce dernier parcours, il l'avait fait dans le même compartiment que deux marchands de bestiaux qui discutaient de leurs affaires en lui lançant des regards méfiants, comme s'ils eussent vu en lui un concurrent possible.

Mais personne, pas même lui, ne se doutait encore de la terrible célébrité qu'il allait acquérir en quelques heures. Il était vêtu de gris, comme d'habitude. Il avait emporté machinalement sa serviette de cuir, qu'il prenait toujours pour aller au bureau.

A Amsterdam, il n'hésita pas un instant à se diriger vers le *Carlton* de la même façon qu'il avait jeté le pion dans la bière ou qu'il avait mis le sucre en poudre dans l'oxtail.

— Mlle Paméla est-elle chez elle ?

Rien, absolument rien, ne le distinguait d'un visiteur quelconque, sinon peut-être son calme.

— De la part de qui ? demanda le portier en uniforme.

— De Julius de Coster...

Le portier marqua un temps d'arrêt, l'observa, murmura :

— Pardon... Mais vous n'êtes pas M. de Coster...

— Qu'est-ce que vous en savez ?

— M. de Coster vient chaque semaine et je le connais...

— Et qui vous prouve que je ne suis pas un autre M. de Coster ?

Le portier traduisit néanmoins au téléphone :

— Allô !... Mademoiselle Paméla ?... Il y a ici un monsieur qui vient de la part de M. de Coster. Je dois le faire monter ?...

Le chasseur, qui fit fonctionner l'ascenseur, ne se douta de rien.

Paméla, qui se coiffait devant la psyché, cria : « Entrez ! » d'une voix banale, puis elle se retourna car, bien qu'elle eût entendu la porte s'ouvrir et se refermer, personne ne lui parlait.

Elle vit Kees Popinga debout, sa serviette sous le bras, le chapeau à la main, et elle murmura :

— Prenez la peine de vous asseoir...

Ce à quoi il répondit :

— Merci beaucoup... Non...

Ils étaient dans un des cent et quelques appartements semblables que comporte le *Carlton*. Une porte était entrouverte sur la salle de bains éclairée. Une robe du soir s'épanouissait sur le lit.

— De Coster vous a chargé de me dire quelque

chose ?... Vous permettez que je continue à me coiffer ?... Je suis en retard... Au fait, quelle heure est-il ?

— Huit heures et demie... Vous avez le temps...

Et il déposait sa serviette, son chapeau, retirait son pardessus, essayait un sourire, devant un miroir.

— Vous ne vous souvenez certainement pas de moi, mais je vous ai vue souvent à Groningue... Je pourrais ajouter que, pendant deux ans, j'ai eu envie de vous... Alors, hier, nous avons causé, Julius de Coster et moi, et je suis venu...

— Que voulez-vous dire ?

— Vous ne comprenez pas ? Je suis venu parce que la situation n'est plus la même que quand vous habitiez Groningue.

Il s'était rapproché, il se tenait debout près d'elle, ce qui la gênait, bien qu'elle continuât à arranger ses cheveux bruns.

— Ce serait trop long à vous expliquer... Ce qui importe, c'est que j'ai décidé de passer une heure avec vous...

Quand il sortit, il était encore plus calme, si possible. Il y avait cinq étages à descendre et il n'avait pas pris l'ascenseur. En bas, seulement, il constata qu'il avait oublié sa serviette dans la chambre de Paméla et il se demanda si le portier s'en apercevrait.

Il était lucide, puisqu'il surprit le regard de l'homme vers ses mains vides !

— J'ai laissé ma serviette là-haut, fit-il d'un ton détaché. Je viendrai la reprendre demain...

— Vous ne voulez pas que je fasse monter le chasseur?

— Merci! Ce n'est pas la peine, n'est-ce pas?

Il n'eut qu'un geste maladroit, mais c'était parce qu'il n'avait pas l'habitude des palaces, il prit une pièce d'un quart de florin dans sa poche et la tendit au portier.

Dix minutes plus tard, il arrivait à la gare. Il n'y avait un rapide pour Paris qu'à onze heures vingt-six, c'est-à-dire près de deux heures après, et il employa ce temps à se promener sur les quais en regardant les trains à l'arrêt.

A onze heures moins le quart, exactement, une petite danseuse, qui sortait chaque soir avec Paméla, arrivait au *Carlton* et demandait :

— Elle n'est pas encore descendue? Voilà une heure que je l'attends au restaurant...

— Je vais téléphoner à son appartement.

Le portier appela une fois, deux fois, trois fois, soupira :

— Je ne l'ai pourtant pas vue sortir!

Il héla le chasseur qui passait.

— Cours voir si Mlle Paméla ne s'est pas endormie.

Sur les quais de la gare, Popinga ne manifestait pas la moindre impatience. Il rôdait en attendant son train et s'amusait à détailler les voyageurs qui passaient.

Le chasseur dégringolait en courant les six étages et s'affalait dans un fauteuil en hurlant :

— Vite !... Là-haut...

Il avait laissé l'ascenseur en route et on dut monter à pied. Paméla était étendue en travers de son lit, une serviette-éponge nouée autour du visage, en guise de bâillon. Il fallut aviser le directeur, téléphoner à un médecin. Quand la police arriva à son tour, il était onze heures et demie et le train de Paris venait de partir.

Cette fois, c'était un vrai train de nuit, comme ceux qui hantaient les rêves de Popinga, un train avec des wagons-lits, des rideaux tirés devant les vitres des compartiments, les lampes en veilleuse et des voyageurs parlant diverses langues, un train international au surplus, franchissant en quelques heures deux frontières.

Il avait pris un billet de seconde classe et il avait trouvé un coupé où il n'y avait qu'un voyageur, un homme déjà installé de tout son long sur une banquette avant son arrivée et dont il n'avait pas encore vu le visage.

Kees n'avait pas envie de dormir, il n'avait pas davantage envie de rester assis et il parcourut trois ou quatre fois tout le train, lentement, en essayant de voir dans les compartiments, en essayant de deviner...

Le contrôleur poinçonna son billet sans le regarder. La police belge ne jeta qu'un coup d'œil sur sa carte d'identité et il profita de l'arrêt à la douane pour écrire dans son calepin :

Pris, à Amsterdam, le train de 23 h 26, seconde classe.

Un peu plus tard, il éprouva à nouveau le besoin d'écrire quelque chose :

Je ne parviens pas à comprendre pourquoi Paméla s'est moquée de moi quand je lui ai dit ce que je voulais. Tant pis pour elle ! Je ne pouvais pas m'en aller ainsi. Maintenant, elle doit avoir compris.

Si encore elle avait souri, ou riposté par une phrase ironique ! Si même elle s'était fâchée ! Mais non ! Après avoir regardé Kees des pieds à la tête, elle était partie d'un rire qui n'en finissait plus, un rire éclatant, hystérique, qui secouait sa gorge et lui donnait encore plus d'attrait.

— Je vous défends de rire ! avait-il prononcé sévèrement.

Mais elle n'en repartait que de plus belle, jusqu'à en avoir des larmes aux yeux, et il lui avait saisi les deux poignets.

— Je ne veux plus que vous riiez !

Violemment, il l'avait poussée vers le lit, où elle était tombée.

Quant à la serviette, elle se trouvait là, à portée de la main, près de la robe de soirée.

— Billets, s'il vous plaît !

Cette fois, c'était le contrôleur belge qui eut, malgré tout, un coup d'œil curieux pour ce voyageur qui, malgré le froid, restait debout dans le couloir. Mais de là à supposer...

Dans le compartiment, le compagnon de Popinga s'était à peine éveillé à la frontière et Kees avait aperçu un visage quelconque, avec de petites moustaches brunes.

Une drôle de nuit quand même, presque aussi forte que la précédente et que les heures passées au *Petit Saint Georges,* à entendre parler de Coster. Qu'est-ce qu'il dirait, Julius le Jeune, quand il saurait ?

Est-ce que Paméla allait porter plainte ? Dans ce cas, comme on retrouverait la serviette dans la chambre, le nom de Popinga serait dans tous les journaux.

Cela ne devenait-il pas inimaginable ? Au point qu'il était impossible de penser à toutes les conséquences. Frida, par exemple, était dans une école tenue par les bonnes sœurs. Garderait-on la fille d'un homme qui ?...

Et au cercle d'échecs ! La tête de Copenghem !... Celle du docteur Claes, qui devait se croire le seul homme capable d'avoir une maîtresse. Et...

Il fermait à moitié les yeux. Aucun trait de son visage ne bougeait. Parfois, derrière les vitres, il voyait passer des lumières, ou bien le vacarme était plus fort parce qu'on traversait une gare. Il devina aussi une vaste plaine couverte de neige et une petite maison qui, Dieu sait pourquoi, peut-être parce qu'il y avait un mort ou une naissance, était éclairée en pleine nuit...

Valait-il mieux qu'il eût oublié sa serviette chez Paméla ? Il se le demandait. Le désir le reprenait à chaque instant d'écrire quelque chose dans son calepin rouge.

A la frontière française, il descendit sur le quai, demanda si la buvette était ouverte, dut faire un détour, à cause de la douane, et but un grand verre de cognac, inscrivit en hâte dans le carnet :

Je constate que l'alcool ne me fait aucun effet.

La dernière partie du voyage fut plus longue. Il avait bien essayé de lier connaissance avec son compagnon de compartiment, qui était un courtier en pierres précieuses. Mais l'homme, qui effectuait le même voyage deux fois par semaine, avait ses habitudes et tenait à dormir.

— Vous ne savez pas si le *Moulin Rouge* sera encore ouvert ? lui demanda pourtant Popinga.

Il avait envie de voir du monde et il reprit ses pérégrinations dans les couloirs, franchissant les soufflets, collant son visage aux vitres des coupés derrière lesquelles des gens dormaient.

Au *Moulin Rouge* ou ailleurs... S'il avait dit le *Moulin Rouge,* c'est parce qu'il avait tant lu de choses à ce sujet...

Il se voyait déjà dans une salle abondamment garnie de glaces, avec des banquettes de velours pourpre, un seau à champagne sur la table, de belles filles décolletées à ses côtés... Il resterait calme ! Le champagne n'aurait pas plus d'effet sur lui que le genièvre ou le cognac. Et il se donnerait le malin plaisir de prononcer des phrases que ses compagnes ne pourraient comprendre...

Soudain, sans transition, ce fut la gare du Nord, le hall éventé, la sortie, un taxi qui attendait.

— Au *Moulin Rouge!* lança-t-il.

— Vous n'avez pas de bagages?

Le *Moulin Rouge* était fermé, mais la voiture s'arrêta devant un autre cabaret où un portier s'empressa au-devant de Popinga. Personne n'aurait pu dire qu'il entrait pour la première fois de sa vie dans un endroit de ce genre. Il ne se pressait pas. Il regardait tranquillement autour de lui, choisissait sa table sans se soucier du maître d'hôtel.

— Vous m'apporterez du champagne et un cigare!

Voilà! Il y était! Les choses s'étaient passées comme il l'avait décidé et il trouva tout naturel qu'une femme en robe verte vînt s'asseoir à côté de lui en murmurant :

— Vous permettez?

Il répondit :

— Je vous en prie!

— Vous êtes étranger?

— Je suis Hollandais. Mais je parle quatre langues : la mienne, le français, l'anglais et l'allemand...

C'était une détente magnifique! Et, le plus extraordinaire, encore une fois, c'est que les moindres détails correspondaient à ce qu'il avait prévu.

A croire qu'il connaissait déjà ce cabaret avec ses banquettes de velours cramoisi, le jazz dont le saxophoniste à cheveux blonds était sûrement un homme du Nord, peut-être un Hollandais comme lui, et cette femme rousse qui mettait ses coudes sur la table et réclamait une cigarette.

— Garçon! appela-t-il. Des cigarettes...

Un peu plus tard, il tirait le calepin de sa poche, demandait à sa compagne :

— Comment vous appelez-vous ?

— Moi ?... Vous voulez noter mon nom ?... Drôle d'idée !... Enfin ! si ça vous fait plaisir... Jeanne Rozier... Dites donc ! Vous savez qu'on va fermer ?...

— Cela m'est égal.

— Qu'est-ce que vous voulez faire ?

— Allez chez vous.

— Chez moi, non, c'est impossible... A l'hôtel, si vous voulez...

— C'est bien !

— Dis donc, tu as l'air accommodant, toi !

Il eut un sourire étroit. C'était drôle, il n'aurait pas pu dire pourquoi !

— Tu viens souvent à Paris ?

— C'est la deuxième fois de ma vie. La première fois, j'étais en voyage de noces...

— Et cette fois-ci, ta femme est avec toi ?

— Non ! Je l'ai laissée à la maison...

Il avait presque envie de rire. Il appela le maître d'hôtel pour lui redemander du champagne.

— Tu dois aimer les petites femmes, hein ?

Cette fois, il rit et déclara :

— Pas les petites !

Elle ne pouvait pas comprendre ! Mais Paméla

n'était pas petite ! Elle était aussi grande que lui ! Eléonore de Coster, elle aussi, mesurait un mètre soixante-dix...

— Au moins, tu es de bonne humeur. T'es dans les affaires.

— Je ne sais pas encore.

— Qu'est-ce que tu veux dire ?

— Rien... Vous avez des taches de rousseur... C'est très amusant...

Ce qui l'amusait surtout, c'était de voir que sa compagne lui lançait des regards furtifs en essayant vainement de le comprendre. Elle avait des taches de son sous les yeux, c'était vrai, et des cheveux d'un beau roux, une peau mate, des lèvres longues. Il ne connaissait qu'une rousse, la femme d'un de ses amis du cercle d'échecs, une grande maigre qui louchait et qui avait cinq enfants.

— Pourquoi me regardes-tu ainsi ?

— Pour rien... Je trouve que c'est magnifique d'être ici... Je pense à la tête de Paméla...

— Qui est-ce ?

— Peu importe !... Tu ne la connais pas...

— Tu devrais payer, qu'on parte... Tout le monde attend pour aller se coucher...

— Garçon !... Changez-moi des florins, s'il vous plaît...

Et il tira les cinq cents florins de sa poche, tendit toute la liasse au maître d'hôtel, avec l'air de penser à autre chose.

Il était quand même fatigué. Il y avait des moments où il éprouvait une envie irrésistible de s'étendre, mais ce n'était pas la peine de vivre un jour comme celui-ci pour l'écourter en dormant.

— Pourquoi ne puis-je pas aller coucher chez toi ?

— Parce que j'ai un ami !

Il la regarda, soupçonneux.

— Comment est-il ? C'est un vieux ?

— Il a trente ans.

— Qu'est-ce qu'il fait ?

— Il fait du commerce...

— Ah !... Moi aussi, je fais du commerce...

Il continuait à se comprendre, à s'amuser tout seul, à se délecter de ses propres paroles, de ses gestes, de son visage qu'il voyait dans une glace.

— Voici, monsieur !

Cela ne l'empêcha pas de compter sa monnaie avec soin et de remarquer :

— Vous m'avez fait un mauvais change. A Amsterdam, on m'aurait donné trois points de plus.

Dehors, Jeanne Rozier, qui portait un manteau de petit-gris, l'observa avec une dernière hésitation :

— Où es-tu descendu ?

— Je ne suis descendu nulle part. Je suis arrivé directement à la gare.

— Et tes bagages ?

— Je n'ai pas de bagages.

Elle fut un moment à se demander si elle ne ferait pas mieux de le laisser tomber.

— Qu'est-ce que vous avez ? demanda-t-il, étonné de son attitude.

— Rien !... Viens !... Il y a un hôtel rue Victor-Massé où c'est propre...

A Paris, il n'y avait pas de neige. Il ne gelait pas. Popinga se sentait aussi léger que le champagne qu'il avait bu. Quant à sa compagne, elle entra à l'hôtel comme chez elle, cria à travers une porte vitrée :

— Vous dérangez pas... Je prends le 7...

Elle fit elle-même la couverture, ferma la porte au verrou et poussa un petit soupir.

— Tu ne te déshabilles pas ? demanda-t-elle, du cabinet de toilette.

Pourquoi pas, après tout. Il ferait tout ce qu'on voudrait, lui !

Il était docile et enjoué comme un enfant. Il voulait le bonheur de tout le monde !

— Tu restes longtemps à Paris ?

— Peut-être toujours...

— Et tu es arrivé sans bagages ?

Elle ne se sentait pas en confiance et elle se déshabillait à regret, tandis que, assis sur le lit, il la regardait d'un œil amusé.

— A quoi penses-tu ?

— A rien ! Tu as une jolie chemise... C'est de la soie ?

Elle la garda pour se glisser dans les draps, laissa la lumière et attendit.

— Qu'est-ce que tu fais ? demanda-t-elle après un moment.

— Je ne fais rien !

Il achevait son cigare, simplement, couché sur le dos, le regard au plafond.

— Tu n'es pas nerveux !

— Non !

— Cela ne te fait rien que j'éteigne?

— Non.

Elle tourna le commutateur, continua à le sentir près d'elle, dans la même pose, toujours aussi immobile, les lèvres arrondies sur le bout de son cigare qui faisait une petite tache rouge dans l'obscurité.

Ce fut elle qui s'agita.

— Pourquoi m'as-tu emmenée? demanda-t-elle après s'être retournée trois ou quatre fois.

— On n'est pas bien, ici?

Il sentait son corps chaud près de lui, mais cela lui procurait un plaisir tout moral, car il se disait :

— Si *maman* était là!...

Puis, sans transition, il se leva, alluma, chercha son veston, y prit le calepin et demanda :

— Quelle est l'adresse?

— L'adresse de quoi?

— Où nous sommes...

— 37 *bis,* rue Victor-Massé. Tu as besoin d'écrire tout ça?

Oui! Tout comme certains voyageurs collectionnent des cartes postales ou des menus de restaurant, il se recoucha, écrasa le bout de son cigare dans le cendrier, murmura :

— Je n'ai pas encore sommeil... Quel genre de commerce fait-il?

— Qui?

— Ton ami...

— Il est dans les autos... Mais, écoute, si c'est tout ce que tu as à me dire, j'aimerais autant que tu me

73

laisses dormir. Tu m'as l'air d'un drôle de coco, toi !
A quelle heure je t'éveille, demain ?

— Tu ne m'éveilles pas.

— Tant mieux ! Tu ne ronfles pas, au moins ?

— Seulement quand je dors sur le côté gauche.

— Alors, essaie de dormir sur le droit.

Il resta encore longtemps éveillé, les yeux ouverts et, le plus drôle, c'est que c'est sa compagne qui se mit à faire entendre un ronflement régulier, si bien qu'il rit tout seul, silencieusement.

Quant au reste, cela ressembla un peu à la scène de la veille, quand, à Groningue, les yeux entrouverts, il regardait s'habiller Mme Popinga qui ne se savait pas observée.

Il faisait jour, mais pas encore très clair et les rideaux n'étaient pas tirés, si bien que plus de la moitié de la chambre restait dans l'ombre. Il n'y avait qu'un pinceau de lumière.

Et là, à contre-jour, Jeanne Rozier était debout, tout habillée, le pantalon de Kees à la main.

Elle fouillait les poches, car elle avait vu, la veille, que c'était dans le pantalon qu'il avait enfoui son argent. Elle était tellement attentive à ne pas faire de bruit qu'elle esquissait une drôle de moue et que Popinga, sans le vouloir, se mit à sourire.

Ce sourire, pourtant muet, elle dut en avoir conscience, puisqu'elle se tourna soudain vers son compagnon. Aussi soudainement, il ferma les yeux et elle se demanda s'il dormait ou s'il faisait semblant de dormir.

C'était amusant de la sentir là, en suspens dans le

74

faisceau de lumière pâle, le pantalon à la main, n'osant plus faire un geste, retenant sa respiration. Un instant, elle fut dupe et sa main pénétra dans une poche, mais l'instant d'après, elle comprit, prononça d'une voix traînante :

— Dis donc !

— Quoi ?

— T'as fini de te payer ma tête ?

— Pourquoi ?

— Ça va... J'ai compris...

Et elle jetait le pantalon sur un fauteuil jaunâtre, retirait son manteau, venait se camper devant le lit :

— Tu veux me dire pourquoi t'es arrivé à Paris sans bagages, avec de l'argent plein les poches ?... Fais pas l'imbécile !... J'avoue que j'ai marché...

— Mais...

— Attends !

Et elle alla à la fenêtre, ouvrit les rideaux, qui laissèrent pénétrer un jour glacial.

— Raconte !

Elle s'asseyait au bord du lit, regardait son compagnon avec attention, soupirait enfin :

— J'aurais dû voir tout de suite que t'avais pas la tête d'un *miché*... Quand t'as parlé de commerce, cette nuit, qu'est-ce que tu voulais dire ?... Je parie que tu fais dans la coco !... Ose dire que ce n'est pas vrai !...

CHAPITRE IV

Comment Kees Popinga passa la nuit de Noël et comment, au petit matin, il choisit une auto à sa convenance.

Le portier du *Carlton* le prenait pour un fou ; parce qu'il ne se fâchait pas en la surprenant en train de fouiller ses poches, Jeanne Rozier, elle, l'avait pris pour un marchand de cocaïne. Au fond, c'était très bien ainsi. Il s'était donné assez de mal, pendant quarante ans, pour qu'on le prît pour Kees Popinga et pour qu'aucun de ses gestes ne fût différent de ce qu'il devait être.

— J'ai sommeil…, murmura-t-il, sans répondre à sa compagne qui s'était rapprochée du lit.

Il lisait dans ses yeux verdâtres, pailletés de fauve, plus que de la curiosité. Elle était intriguée. Cela la vexait de s'en aller sans savoir. Un genou sur le lit, elle murmura :

— Tu ne veux pas que je me recouche un moment ?

— C'est pas la peine !

Elle avait à la main les billets qu'elle avait pris dans ses poches et elle les posa sur la table, d'un geste ostensible.

— Je les mets ici, tu vois?... Dis!... Je peux en prendre un comme ceci?

Il n'était pas assez endormi pour ne pas s'apercevoir que c'était un billet de mille francs qu'elle emportait, mais quelle importance cela avait-il? Il s'assoupit.

Jeanne Rozier, elle, n'avait que deux cents mètres à parcourir, dans le froid matin, trois étages à monter : elle était chez elle, dans un appartement meublé de la rue Fromentin, où elle refermait la porte sans bruit, versait du lait au chat, se déshabillait avec des gestes minutieux et se glissait dans un lit où se trouvait déjà un homme.

— Recule un peu, Louis...

Louis recula en grognant.

— Je viens de quitter un drôle de type... Il me faisait presque peur...

Mais Louis n'écoutait pas et, après être restée près d'un quart d'heure les yeux fixés sur la fente du rideau, Jeanne Rozier s'endormit à son tour, pour de bon, cette fois, dans son lit à elle, dans la chaleur de Louis, qui portait un pyjama de soie.

C'était presque à la même heure, alors que les bureaux se remplissaient les uns après les autres de gens qui n'avaient pas grande envie de se mettre au travail et dont la première cigarette était amère, que le télégramme arriva rue des Saussaies.

Sûreté Amsterdam à Sûreté nationale Paris.
Un nommé Kees Popinga, trente-neuf ans, domicilié Groningue, recherché pour meurtre d'une demoiselle Paméla Makinsen commis nuit du 23 au 24 décembre dans appartement hôtel Carlton Amsterdam. Stop. Avons raisons supposer que Popinga a pris train pour la France. Stop. Porte vêtements gris et chapeau gris. Stop. Cheveux blonds, teint clair, yeux bleus, corpulence moyenne, signes particuliers néant. Stop. Parle couramment anglais, allemand et français.

Sans heurts, sans précipitation, la machine fut mise en mouvement, c'est-à-dire que le signalement de Kees Popinga fut aussitôt donné par radio, par télégraphe et téléphone à toutes les frontières, aux gendarmeries, aux brigades mobiles.

Dans chaque poste de police de Paris, un brigadier déchiffrait sur le ruban de l'appareil Morse :

... corpulence moyenne, signes particuliers néant...

Et, pendant ce temps, Kees Popinga, dans sa chambre d'hôtel, dormait d'un sommeil unique. A midi, il dormait toujours. A une heure, la femme de chambre frappa au bureau vitré pour demander :
— Le 7 n'est pas encore libre ?
On ne se souvenait plus et la domestique alla voir ; elle aperçut le visage serein de Kees qui dormait, la

bouche ouverte, et tout près, sur la table, une liasse de billets de banque ; mais elle n'osa pas y toucher.

Il était quatre heures et on venait d'allumer les lampes quand Jeanne Rozier poussa à son tour la porte du bureau :

— Le type avec qui je suis venue cette nuit est parti ?

— Je crois qu'il dort toujours.

Jeanne Rozier, un journal à la main, gravit les étages, poussa la porte, regarda Popinga qui ne bougeait toujours pas et dont le visage, dans le sommeil, prenait une expression enfantine.

— Kees ! appela-t-elle soudain d'une voix contenue.

Le mot l'atteignit dans son sommeil, mais dut être répété deux ou trois fois avant d'éveiller les pensées conscientes. Alors Popinga souleva les paupières, vit la lampe allumée au-dessus de son lit, Jeanne Rozier en manteau de petit-gris et en chapeau.

— Vous êtes encore là ! murmura-t-il, indifférent.

Déjà, il se disposait à se tourner sur l'autre flanc pour reprendre le fil de ses rêves. Il fallut qu'elle le secouât :

— Tu n'as pas entendu ce que je t'ai dit ?

Il la regarda calmement, se frotta les yeux, se souleva un peu et fit d'une voix paisible, presque aussi enfantine que son expression de physionomie quand il dormait :

— Qu'est-ce que tu as dit ?

— Je t'ai appelé Kees... Kees Popinga !...

Elle insistait sur les syllabes, sans qu'il se troublât :

— Tu ne comprends pas encore ?... Tiens !... Lis !...

Elle jeta sur le lit un journal de midi, arpenta deux ou trois fois la chambre.

Une danseuse est assassinée dans un palace d'Amsterdam.

Le meurtrier a été identifié grâce à des documents qu'il a abandonnés sur les lieux.

Il semble que l'on soit en présence d'un fou ou d'un sadique.

Jeanne Rozier s'impatientait, se tournait sans cesse vers son compagnon, dans l'attente d'une réaction. Lui ne bronchait toujours pas, demandait d'une voix naturelle :

— Tu ne veux pas me passer mon veston ?

Elle eut la naïveté de tâter les poches, afin de s'assurer que ce n'était pas une arme qu'il voulait y prendre. C'était un cigare ! Il l'alluma avec une lenteur désespérante ; après quoi, ayant relevé son oreiller, y ayant collé son dos, il commença la lecture de l'article, en remuant parfois les lèvres.

... aux dernières nouvelles, le nommé Popinga aurait quitté son domicile de Groningue dans des conditions qui permettent de se demander s'il n'a pas un autre crime sur la conscience. En effet, son patron, M. Julius de Coster, a disparu subitement et...

— C'est bien toi ? martela Jeanne Rozier, à bout de patience.

— Bien sûr que c'est moi !

— C'est toi qui a étranglé cette femme ?

— Je ne l'ai pas fait exprès... Je me demande même comment elle a pu en mourir... D'ailleurs, il y a beaucoup de choses exagérées dans l'article, et même des choses tout à fait fausses...

Là-dessus, il se leva, se dirigea vers la toilette.

— Qu'est-ce que tu fais ?

— Je m'habille... Il faut que j'aille déjeuner...

— Il est cinq heures !

— Alors, j'irai dîner.

— Qu'est-ce que tu comptes faire, après ?

— Je ne sais pas.

— Tu n'as pas peur d'être arrêté tout de suite ?

— Il faudrait qu'on me reconnaisse...

— Et où iras-tu dormir ? Tu oublies qu'on peut te demander tes papiers ?

— C'est plus ennuyeux, évidemment !

Il n'avait pas encore eu le temps de penser à tout cela et il avait dormi si profondément qu'il lui fallait un certain effort pour réfléchir.

— J'y penserai tout à l'heure. En attendant, je n'ai même pas de brosse à dents. Est-ce que nous ne sommes pas le 24 décembre ?

— Oui.

— On ne dresse pas d'arbres de Noël, ici ?

— On réveillonne... On soupe et on danse dans tous les restaurants, dans tous les cafés... Dis donc, tu es sûr que tu ne te paies pas ma tête ?

— Pourquoi ?

— Je ne sais pas ! Tu ne t'amuses pas à me faire marcher en me laissant croire que tu es Popinga ?

Voilà ! Encore une fois ! Les gens avaient besoin, coûte que coûte, de lui chercher une autre personnalité que la sienne.

— Je vais te dire quelque chose, reprenait Jeanne Rozier... Je ne promets encore rien... J'ai peut-être tort de m'occuper de cela... Tout à l'heure, je parlerai de toi à quelqu'un... Oh ! n'aie pas peur, il ne s'agit pas de quelqu'un de la police, mais de quelqu'un qui peut, s'il le veut, te tirer d'affaire... Seulement, je ne sais pas s'il marchera... Ces histoires de vicieux, ça fait toujours un peu peur...

Il l'écoutait tout en laçant ses chaussures noires.

— Je ne dois le voir qu'assez tard... Tu connais la rue de Douai ?... Non ? C'est très près d'ici... Tu te renseigneras... Il y a un bureau de tabac où tu n'auras qu'à t'asseoir et attendre... Peut-être que je viendrai avant minuit, peut-être après, parce qu'on est toute une bande à réveillonner.

Elle le regarda une dernière fois et ramassa le journal sur le lit.

— Ne laisse pas traîner ces papiers-là... C'est souvent ainsi qu'on se fait prendre... Et tiens ! je payerai la chambre moi-même, qu'on ne fasse pas trop attention à toi au bureau. Ils s'étonnent déjà que tu aies dormi si longtemps. C'est encore un signe, ça !

— Un signe de quoi ?

Mais elle haussa les épaules et sortit.

— Au tabac de la rue de Douai...

83

Sur les grands boulevards, vers huit heures, alors que Paris commençait à s'agiter, il tomba en arrêt devant la sixième édition d'un journal du soir qui publiait une photographie en première page sous le titre :

« *L'assassin de Paméla* »
(d'Amsterdam, par bélinogramme).

C'était effarant ! D'abord, il se demanda d'où sortait cette photographie, dont il ne se souvenait pas lui-même. Puis, en y regardant de près, il distingua, à gauche de sa tête, la joue d'une autre personne et il comprit. L'autre personne, c'était sa femme. La photo était celle qui se trouvait sur la desserte et qui représentait toute la famille.

On avait agrandi sa tête, on l'avait isolée du reste et, pour comble, on l'avait expédiée par bélinogramme, si bien que l'image était hachurée, comme s'il avait plu dessus.

A un second kiosque, il s'arrêta devant le même journal, devant le même cliché et regretta presque d'être aussi méconnaissable. Cela pouvait être l'image de n'importe quel passant aussi bien que la sienne !

La femme de l'assassin parle d'une crise d'amnésie...

Il alla jusqu'à un troisième kiosque, acheta le journal, demanda :

— Il n'y a pas d'autres journaux qui paraissent le soir ?

On lui en désigna quatre et il les emporta.

— Vous n'avez pas de journaux hollandais ?

— Au kiosque de la place de l'Opéra...

La lumière éclatait partout, des pancartes invitaient les passants à réveillonner pour vingt-cinq ou pour cent francs, tous frais compris. Ce n'était pas encore la fête, mais on sentait que l'heure était proche.

— Donnez-moi les journaux de Hollande, s'il vous plaît.

Il tressaillit. Devant lui, s'étalait le *Daily Mail* et sa photographie, la même que dans les quotidiens français, figurait en première page.

— Donnez-moi aussi le *Daily Mail...* et le *Morning Post...*

Plus il y en avait et plus il ressentait de satisfaction, de même qu'autrefois il était content en voyant le travail s'amonceler sur son bureau. Est-ce qu'il devait déjà se rendre au bureau de tabac de la rue de Douai ?

Il valait mieux dîner d'abord et il s'installa au *Café de la Paix,* où les garçons fixaient les dernières guirlandes et les touffes de gui.

Cela lui fit penser qu'Amersen devait avoir livré, le matin, l'arbre de Noël qu'il lui avait commandé. Qu'allait-on en faire à la maison ? Et qu'est-ce qu'une fille comme Frida pouvait penser ?

Il ne s'était jamais inquiété de ces à-côtés, quand il lisait des faits divers, et maintenant qu'il était dedans lui-même, il s'apercevait de la multitude de ces petites conséquences.

Par exemple, il avait une assurance-vie... Mais que devient une assurance-vie quand le client est poursuivi pour meurtre ?

— C'est bien ? vint lui demander le maître d'hôtel, à qui il avait commandé une viande saignante.

— C'est tout à fait bon ! répliqua-t-il avec conviction.

Seulement, il était mal mis pour lire ses journaux en mangeant et il trouva les gâteaux beaucoup moins savoureux qu'en Hollande. Il les aimait plus sucrés. De même buvait-il son café avec de la crème fouettée et du sucre vanillé, ce que le maître d'hôtel ne comprit pas.

Quelqu'un qui avait été vraiment épaté, c'était Jeanne Rozier ! La preuve, c'est qu'elle s'occupait de lui, alors qu'il ne lui avait rien demandé. Que pouvait-elle penser au juste ? Qu'il avait un sang-froid exceptionnel, évidemment ! Il le pensait lui-même. Pour s'en donner une nouvelle preuve, il alla demander à un agent, au coin du boulevard des Capucines, le chemin de la rue de Douai.

Là, dans une pièce d'angle, il y avait le comptoir et le bureau de tabac, puis, derrière une cloison vitrée, un petit café meublé de huit tables. Kees Popinga s'installa dans le café et eut la chance de trouver un coin libre, près de la vitre. Dehors, il apercevait les enseignes lumineuses des boîtes de nuit qui commençaient à s'allumer, mais les portiers et les danseurs professionnels étaient encore au bar à discuter de leurs affaires. Dans un coin, en face de lui, une marchande de fleurs attendait, sa corbeille posée près d'elle, en buvant un café et un verre de rhum.

— Donnez-moi du café aussi, garçon !

Il était un peu déçu par cette étrange nuit de Noël qui commençait autour de lui et qui n'était pas une vraie nuit de Noël, mais une sorte de noce désordonnée. A neuf heures du soir, on rencontrait déjà des gens ivres et personne ne parlait de la messe de minuit !

(De notre envoyé spécial à Groningue.)
Tandis que nos services d'Amsterdam poursuivaient leur enquête au Carlton, *où la malheureuse Paméla a trouvé la mort, nous nous rendions en hâte à Groningue, afin de nous renseigner sur la personnalité de Kees Popingua, l'assassin de la danseuse...*

Kees soupira, comme il soupirait quand un des employés de Julius de Coster commettait une faute impardonnable, et il tira le carnet rouge de sa poche, inscrivit la date, le nom du journal, nota ensuite :

Non pas assassin, mais meurtrier. Ne pas perdre de vue que la mort a été accidentelle.

Il jeta un coup d'œil à la marchande de fleurs qui somnolait en attendant la sortie des théâtres et continua sa lecture.

Grande a été notre stupeur, disait le journal, *d'apprendre que Kees Popinga était un homme honorablement connu et que la nouvelle a jeté une véritable consternation dans la ville, où chacun se perd en conjectures...*

Il souligna le mot conjectures d'un coup de crayon, car il le trouvait prétentieux.

Au domicile de Popinga, où la douleur de sa famille fait peine à voir, Mme Popinga a bien voulu nous déclarer...

Posément, entre deux bouffées de son cigare, il nota dans le calepin :

Maman a quand même reçu les journalistes !

Et il sourit, parce que la tête de la marchande de fleurs venait de tomber d'un coup sur sa poitrine.

... nous a déclaré que seule une crise de folie subite, un moment d'amnésie, pourrait expliquer le geste de...

Il trouva drôle de souligner aussi le mot *geste,* surtout si *maman* l'avait vraiment prononcé.

Puis il choisit une page blanche du carnet pour y écrire :

Opinion de Mme Popinga : folie ou amnésie.

Elle n'allait pas être seule dans son cas. Un jeune commis de chez Julius, un gamin de dix-sept ans, qu'il avait engagé lui-même, déclarait avec aplomb :

J'avais déjà remarqué que, par moment, ses yeux brillaient d'une façon étrange...

Quant à Claes, il expliquait complaisamment :

Il est évident qu'on ne peut expliquer le geste de Popinga que par un coup de folie. Quant à savoir s'il y était prédisposé, le secret professionnel ne me permet pas de...

Donc, folie sur toute la ligne ! Jusqu'au moment où l'on s'avisait qu'il avait peut-être tué Julius de Coster avant de tuer Paméla.

Car alors, le vieux Copenghem avouait au journaliste :

Il m'est pénible de dire du mal d'un homme qui a été membre de notre Cercle, mais il est certain que, pour un observateur impartial, Kees Popinga a toujours été un aigri, n'admettant aucune supériorité dans aucun domaine et ruminant des projets de vengeance. Que ce concept d'infériorité soit devenu une idée fixe, cela nous explique l'événement que...

Popinga nota dans son calepin, à côté du nom de Copenghem : « *Concept d'infériorité.* » Puis, d'une écriture plus serrée : « *Ne m'a battu qu'une seule fois aux échecs, par surprise. Donc !* »

A dix heures, il ne s'apercevait plus qu'il n'y avait pas une place libre dans le café et qu'on le repoussait toujours davantage vers le bout de la banquette. De temps en temps, il levait les yeux de ses journaux ou de son calepin, contemplait un visage étrange, sourcillait, puis n'y pensait plus. Ainsi fit-il en constatant qu'il y avait quatre ou cinq nègres dans l'assistance. La marchande de fleurs était toujours là. Puis des gens en habit, à côté de gens très mal habillés.

Il ne savait pas qu'il était dans la coulisse de Montmartre, en compagnie des figurants et des petits rôles, tandis que la fête allait commencer dans tous les établissements du quartier.

L'employé de la gare de Groningue se souvient d'un homme fort agité qui...

Il écrivit avec humour : « *Pas vrai.* » Qu'on parle de folie, de concept d'infériorité, passe encore, mais prétendre, parce que quelques heures plus tard il devait tuer Paméla sans le vouloir, qu'il était agité en quittant Groningue... Est-ce qu'il était agité, à présent, malgré les deux tasses de café qu'il venait de boire ?

Le comble, c'était le portier de l'hôtel, à Amsterdam, que Popinga eût volontiers giflé.

Dès son arrivée, j'ai remarqué qu'il n'était pas dans son état normal et j'ai pensé à avertir Mlle Paméla...

Kees nota :

Pourquoi ne l'a-t-il pas fait ?

A sa descente, poursuivait le portier, *il avait le faciès d'une bête traquée, et...*

Et Popinga écrivit, sarcastique :

Lui demander ce que veut dire faciès !

Sur quoi il leva la tête, car quelqu'un était debout devant lui à le regarder de haut en bas. C'était un homme jeune, en smoking. Derrière lui se tenait Jeanne Rozier qui murmura :

— Mon ami, Louis !... Je vous laisse...

— Pouvez-vous venir un moment ? fit Louis, les mains dans les poches, la cigarette aux lèvres. Laissez tout ça là ! Descendons...

C'était vers le lavabo en sous-sol qu'il entraînait son compagnon, et là, il l'examinait des pieds à la tête en grommelant :

— Jeanne m'a raconté l'histoire... J'ai jeté un coup d'œil sur les journaux... Dites donc, ça vous prend souvent ces fantaisies-là ?...

Popinga sourit. A la façon dont son compagnon le regardait, en plein dans les yeux, avec une pointe

91

d'ironie, il sentait que celui-ci ne parlerait ni de folie, ni de concept d'infériorité.

— C'était la première fois ! répondit-il en réprimant une envie de sourire.

— Et l'autre, le vieux ?

— Ils n'y ont rien compris. Julius de Coster, qui avait fait de mauvaises affaires, est parti en laissant croire qu'il se suicidait. C'est même à cause de cela que moi, qui étais...

— Ça va ! Je n'ai pas le temps maintenant. Vous savez conduire ?

— Une auto ? Bien sûr !

— En somme, si j'ai bien compris ce que Jeanne m'a expliqué, ce qu'il vous faut, c'est un abri, en attendant qu'on vous ait procuré des papiers ?

Il prit le cigare des lèvres de Popinga pour y allumer sa cigarette et décida, désinvolte :

— On verra ça tout à l'heure !... Restez là-haut en attendant. Nous, on est toute une bande à souper en face...

Il était près de minuit. La marchande de fleurs avait disparu, deux des nègres aussi. De temps en temps, un portier de cabaret entrait en compagnie d'un chauffeur de taxi ou d'un autre personnage, traitait une affaire avec lui, avalait un verre et allait reprendre sa place sur l'autre trottoir.

Jamais Popinga n'avait imaginé un Noël aussi miteux et, sur le coup de minuit, il attendit en vain des chants de cloches. C'est tout juste si un ivrogne se leva pour entonner un *Minuit chrétiens* dont il ne connaissait que la moitié du premier couplet. Alors, le patron se décida à tourner le bouton de la T.S.F. et quelques instants plus tard, d'un seul coup, le café s'emplit de la rumeur des orgues, de voix d'hommes et d'enfants qui clamaient un chant liturgique.

Kees replia ses journaux, commanda encore un café, car il n'avait déjà plus envie d'alcool. Il guettait le *Dominus vobiscum* du prêtre se retournant vers les fidèles.

Une petite femme mal habillée, devant lui, était toute pâle, mais ce devait être de froid, car elle revenait toutes les heures, transie, sans doute d'avoir arpenté le trottoir.

Et les autos qui ne cessaient de s'arrêter devant les boîtes de nuit... Les trois nègres qui discutaient passionnément... De quoi ?

Le plus extraordinaire, c'est qu'à cette même heure, sur toute la terre, dans toutes les églises...

Popinga imaginait le monde comme on l'aurait vu d'un avion, si l'avion avait pu aller assez vite et monter assez haut : une immense boule, blanche de neige, avec des villes, des villages fixés par-ci par-là par les églises dont les clochers étaient comme des clous gigantesques... Et dans toutes ces églises des lumières, de l'encens, des fidèles silencieux contemplant une crèche...

Or, ce n'était pas vrai ! D'abord, en Europe centrale, la messe de minuit était finie, puisque là-bas il était une heure. En Amérique, il faisait encore grand jour ! Et partout, en dehors des églises, des nègres parlaient de leurs affaires, des filles se réchauffaient d'un café arrosé après avoir fait le trottoir tandis que des portiers d'hôtel...

Désormais, il ne s'y laissait plus prendre. Il n'avait aucune envie de fredonner, avec la radio, et d'ailleurs, le patron, qui avait cru faire plaisir à ses clients, ou qui était peut-être un ancien enfant de chœur, fut forcé d'arrêter l'appareil, car on ne s'entendait plus et des gens rouspétaient.

Du coup, on perçut à nouveau les voix des consommateurs, et la fumée des cigarettes formait un plafond bleu à deux mètres au-dessous du plafond blanc, cependant qu'en face de Popinga un jeune homme en smoking étriqué, assis seul devant un verre d'eau minérale, se mettait de la poudre blanche dans le nez.

Pourquoi lui avait-on demandé s'il savait conduire ? Et qu'auraient dit tous ces personnages qui l'entouraient s'il s'était levé brusquement pour déclarer :

— C'est moi, Kees Popinga, le satyre d'Amsterdam !

Car un journal français du soir l'appelait ainsi, en toutes lettres !

A deux heures du matin, il était encore là, à la même place, et le garçon, qui commençait à le connaître, lui adressait de petits signes en passant. Il ne savait plus que boire. Il fit comme le jeune homme d'en face : il commanda de l'eau minérale. Puis, tandis que tout le monde se levait, il fut le seul à rester assis.

Une dispute avait éclaté, au bar. On entendait des

gens gueuler. Quelqu'un brandissait un siphon qui alla se briser sur une table et l'instant d'après une grappe humaine sortait de la salle, émergeait sur le trottoir où on voyait s'agiter une masse confuse.

Un coup de sifflet retentit quelque part. Popinga, sans s'émouvoir, prit ses journaux, descendit au lavabo et s'enferma dans un des cabinets où, machinalement, il lut un article quelconque, sur l'expansion économique de la Hollande pendant le XVIIIe siècle.

Quand il remonta, un quart d'heure plus tard, tout était calme et il ne restait plus de morceaux de siphon par terre. Des consommateurs manquaient. Le garçon s'approcha, familier, fit un clin d'œil, car il avait remarqué la prudente éclipse de son client.

— On en a arrêté beaucoup? demanda Popinga.

— Vous savez, la nuit de Noël, *ils* ne sont pas très sévères. Ils en ont conduit deux au poste, mais ils les relâcheront au matin...

Jeanne Rozier entrait, en tenue de soirée, parfumée, la chair animée et moite, comme quelqu'un qui vient de beaucoup danser. Elle venait faire une petite visite, en voisine, et n'avait jeté qu'un manteau sur ses épaules nues.

— Vous n'avez pas eu d'ennuis? On me dit qu'il y a eu du pétard.

— Mais non! Presque rien!

— Je crois que Louis va s'occuper de vous. Il ne paraît pas très décidé, mais il est toujours comme ça. Surtout, ne partez pas avant que je revienne! Si vous saviez ce qu'il fait chaud, là-dedans! On n'a pas seulement la place de manier sa fourchette...

Elle avait l'air de le prendre sous sa protection, mais en même temps elle le regardait toujours avec une certaine anxiété, comme s'il l'eût impressionnée.

— Vous ne vous ennuyez pas trop?

— Pas du tout.

Elle était déjà partie qu'il remarquait seulement qu'elle ne l'avait plus tutoyé et il en fut satisfait. Celle-là avait compris! Ce n'était pas une imbécile comme Paméla, qui ne savait qu'éclater d'un rire sans esprit.

Il prit son calepin dans sa poche. Il écrivit sur la page où s'alignaient les opinions de *maman*, de l'employé de gare, de Copenghem, du portier et d'autres :

Jeanne Rozier ne me considère certainement pas comme un fou !

Une petite femme comme celle qui était déjà venue plusieurs fois lui demanda s'il lui offrait un verre et il lui tendit cinq francs, en lui faisant comprendre qu'il n'y avait rien d'autre à espérer.

Il avait replié ses journaux avec soin. Il attendait. Deux fois, il pensa à l'étrange regard de Frida et il se demanda ce qu'elle deviendrait dans la vie.

Il avait très chaud, mais il gardait l'impression que jamais sa tête n'avait été aussi froide, son esprit aussi lucide. Est-ce que Mme Popinga allait mettre à exécution son projet d'économat dans un hôtel des Indes néerlandaises ?

L'idée lui vint d'envoyer au *Morning Post,* pour Julius de Coster, une petite annonce disant simplement : « Comment allez-vous ? »

Il pouvait tout se permettre ! Il pouvait être tout ce qu'il voulait, maintenant qu'il avait renoncé à être coûte que coûte, pour tout le monde, Kees Popinga, fondé de pouvoir !

Dire que si longtemps il s'était donné un mal inouï pour que le personnage fût parfait, pour que, aux yeux des plus difficiles, il n'y eût pas un détail choquant ! Ce qui n'empêchait pas Copenghem de déclarer aux reporters...

Il aurait pu, à l'instant, commander une bouteille entière de genièvre ou de cognac !... Il aurait pu emmener la petite femme à qui il avait donné cinq francs ! Il aurait pu demander un peu de cocaïne au jeune homme énervé ! Il aurait pu...

— Donnez-moi encore de l'eau minérale, garçon !

Par protestation contre tout ce qu'il pouvait faire. Et aussi parce qu'il était bien ainsi, très bien, d'une lucidité grisante. Il était même persuadé qu'il ne tenait qu'à lui que Jeanne Rozier tombât amoureuse, en dépit de son gigolo...

Ce fut elle qui vint un peu grise, vers quatre heures du matin. Elle parut surprise de le trouver là, admira :

— Vous avez de la constance, vous !

Puis sur un autre ton :

— Louis et les autres n'ont pas trop confiance. J'ai

fait tout ce que j'ai pu. Voilà ce que j'ai obtenu :
dans quelques minutes, ils sortiront du cabaret et ils
prendront deux voitures. Ils fileront sans s'arrêter
jusqu'à la porte d'Italie. Vous connaissez ?

— Non !

— Tant pis ! Dans ce cas, vous n'avez pas de
chance de réussir. Ils veulent que vous preniez une
voiture aussi. A la porte d'Italie, ils attendront un
moment et, dès que vous arriverez, vous donnerez un
coup de phare pour les avertir. Après, vous n'aurez
qu'à les suivre.

— Un moment ! La porte d'Italie, c'est à gauche
ou à droite ?

— Ni à gauche, ni à droite, il faut traverser tout
Paris...

— Cela ne fait rien. Je demanderai aux agents.

— Vous êtes fou, ou alors vous n'avez pas compris ! Il s'agit de *prendre* une voiture, une des voitures
appartenant aux gens qui soupent dans un cabaret...

— J'ai bien compris. Justement, il vaut mieux
demander aux agents, pour leur donner confiance.

— Essayez ! Je vous préviens que Louis et ses amis
ne vous attendront pas longtemps... Encore une
chose, ils ne veulent pas de voiture de luxe. Il faut
une auto de marque courante.

Elle s'était assise près de lui et, un instant, il
regretta de n'avoir pas profité d'elle alors qu'il en
avait le loisir. Comment ne s'était-il pas aperçu
qu'elle en valait la peine ?

— Quand est-ce que je vous revois ? demanda-t-il
plus bas.

— Je ne sais pas... Cela dépendra de Louis...
Attention !... Les voilà qui sortent...

Il paya les consommations, endossa son pardessus,
roula les journaux pour les glisser dans sa poche.
Deux voitures partirent presque en même temps de
la file impressionnante qui encombrait toute la rue.

— Vous ne me dites pas au revoir ?

— Oui... Je vous aime beaucoup... Vous êtes une
bonne femme...

Et une fois dehors, sentant qu'elle l'observait à
travers la vitre, il marcha le long du trottoir, comme
un homme qui ne pense à rien d'autre qu'à rentrer
chez lui, regarda deux ou trois voitures, pénétra dans
la quatrième et appuya sur le démarreur.

L'auto partit doucement, s'écarta du trottoir, suivit
un moment une grosse limousine où on apercevait
plusieurs femmes et, quand Popinga voulut se retourner pour adresser un signe d'adieu à Jeanne Rozier,
on ne voyait déjà plus le tabac de la rue de Douai, où
il venait de passer son réveillon de Noël.

CHAPITRE V

Où Popinga est déçu en face d'un Popinga en chandail
et en salopette tournant en rond dans un garage et où
il manifeste une fois de plus son indépendance.

Il était à peine dix heures du matin. La concierge
venait seulement de se lever et le courrier était
encore empilé dans un coin de la loge, à côté de la
bouteille de lait intacte et du pain de fantaisie. Les
rues étaient vides, du vide désespérant des lende-
mains de fête ; les taxis eux-mêmes n'étaient pas à
leur poste et on ne voyait passer que quelques fidèles
qui se rendaient à la messe et dont le nez était rougi
par le froid.

— Qu'est-ce que c'est ? questionna Jeanne Rozier
d'une voix pâteuse, alors que depuis plusieurs minutes elle percevait un bruit sans établir une relation
entre ce bruit et la porte de son appartement.

— Police !

Le mot l'éveilla tout à fait et, en cherchant ses
pantoufles du bout des orteils, elle grommela :

— Attendez un instant...

101

Elle était chez elle, rue Fromentin. Elle avait dormi seule et sa robe de soie verte était en travers sur une chaise, ses bas au pied du lit ; elle avait gardé sa chemise de jour, sur laquelle elle jeta un peignoir avant d'aller ouvrir la porte.

— Qu'est-ce que vous voulez ?

Elle connaissait vaguement l'inspecteur de vue. Il entra dans la chambre, retira son chapeau, tourna le commutateur électrique et se contenta de déclarer :

— C'est le commissaire Lucas qui a besoin de vous voir. J'ai ordre de vous conduire au Quai.

— Il travaille les jours de fête, celui-là ?

Peut-être Jeanne Rozier était-elle plus belle ainsi, dans le désordre du saut du lit, qu'une fois habillée. Ses cheveux roux lui tombaient en partie sur le visage et ses yeux démaquillés exprimaient une méfiance animale.

Elle avait commencé à s'habiller, sans s'inquiéter de l'inspecteur qui fumait une cigarette et qui ne la perdait pas de vue.

— Quel temps fait-il ? demanda-t-elle.

— Il gèle dur.

Elle se contenta d'un maquillage sommaire. Une fois dans la rue, elle questionna :

— Vous n'avez pas de taxi ?

— Non ! Je n'ai pas d'instructions pour cela.

— Alors, c'est moi qui le paie. Je n'ai pas envie de traverser la moitié de Paris en autobus !

Quand ils arrivèrent quai des Orfèvres, où les couloirs et la plupart des bureaux étaient vides, elle avait, sans en avoir l'air, fait le tour de toutes les hypothèses imaginables et elle était prête à répondre à n'importe quelle question du commissaire.

Celui-ci, par principe, la fit attendre un bon quart d'heure dans le couloir, mais Jeanne Rozier avait trop l'habitude de la maison pour manifester la moindre impatience.

— Entrez, mon petit... Excusez-moi de vous avoir fait lever aussi tôt...

Elle s'assit à côté du bureau d'acajou, posa son sac sur celui-ci, regarda le commissaire Lucas, qui était chauve et paternel.

— Il y a bien longtemps que vous n'êtes venue ici, pas vrai ? Voyons, la dernière fois, si je me souviens bien, c'était il y a trois ans, à propos d'une histoire de stupéfiants. Dites donc ? Il paraît que vous n'êtes plus avec Louis ?

Les deux premières phrases, c'était du boniment, pour créer l'atmosphère, mais Jeanne tressaillit à la troisième, et répondit néanmoins :

— Qui vous a dit cela ?

— Je ne sais plus au juste. Cette nuit, comme je réveillonnais à Montmartre, quelqu'un m'a raconté que vous vous étiez mise avec un étranger, un Allemand ou un Anglais...

— Sans blague !

— C'est d'ailleurs pourquoi je vous ai demandé de venir. Cela me ferait de la peine que vous ayez des ennuis...

A les entendre, on eût dit de bons camarades. Le commissaire se promenait de long en large, les doigts dans les entournures du gilet. Il avait offert une cigarette à sa visiteuse qui fumait, les jambes haut croisées, l'œil fixé sur une berge déserte de la Seine, sur le bout d'un pont où passaient des autobus.

— Je crois que je sais ce que vous voulez dire, murmura-t-elle après un instant de réflexion. Je parie que vous parlez du client d'avant-hier...

Et Lucas feignit de s'étonner.

— Ah ! c'était un client ? A moi, on me disait...

— On n'a rien pu vous dire d'autre. Si quelqu'un vous a parlé de cela, c'est Freddy, le maître d'hôtel du *Picratt's*. On allait fermer quand le Hollandais est arrivé, avec l'air de vouloir absolument s'amuser. Il m'a invitée à sa table, a commandé du champagne, puis, au moment de payer, il a fait changer des florins. Nous sommes allés rue Victor-Massé, où je vais toujours, parce que c'est propre. On s'est couchés. Il ne m'a même pas touchée...

— Pourquoi ?

— Est-ce que je sais, moi ? Au matin, j'en avais marre de dormir avec ce gros plein de soupe et je suis partie...

— Avec son argent ?

— Non. Je l'ai réveillé et il m'a donné mille francs.

— Pour n'avoir rien fait ?

— Ce n'est toujours pas ma faute !

— Et vous êtes rentrée chez vous ? Vous avez retrouvé Louis...

Elle fit signe que oui.

— Au fait, qu'est-ce qu'il devient, Louis ? C'est vrai qu'il n'était pas là ce matin ?

104

Alors, les yeux de Jeanne Rozier lancèrent un éclair.

— Je serais curieuse que vous me disiez où il est! gronda-t-elle.

— Vous n'étiez pas encore cette nuit ensemble?

— Justement! On réveillonnait entre copains, gentiment... Je ne sais pas quelle poule lui a fait de l'œil, mais ce que je sais, c'est qu'il s'est défilé à l'anglaise et qu'il n'est pas rentré se coucher...

— Il travaille beaucoup?

Elle éclata d'un rire dur.

— Pourquoi travaillerait-il? Vous croyez qu'il aurait besoin de moi, s'il travaillait?

Lucas souriait. Jeanne Rozier soupirait avec l'air de demander si c'était fini. Chacun avait joué son rôle du mieux qu'il pouvait et chacun restait avec ses soupçons et ses arrière-pensées.

— Je peux aller me recoucher?

— Ma foi oui... Dites donc! Si par hasard vous rencontrez à nouveau votre Hollandais...

— Je commencerais par lui flanquer ma main sur la figure! déclara-t-elle. J'ai horreur des vicieux... Si vous croyez que je ne sais pas pourquoi vous me questionnez depuis un quart d'heure... J'ai lu les journaux, moi aussi!... Quand je pense que j'aurais pu avoir le même sort que cette danseuse d'Amsterdam...

— Vous l'avez reconnu d'après sa photographie?

— Je mentirais en disant que oui... Il ne ressemble pas à sa photo... Mais j'ai quand même deviné...

— Il ne vous a rien dit ? Il n'a donné aucune indication sur ce qu'il voulait faire ?

— Il m'a demandé si je connaissais le Midi... Je crois aussi qu'il a parlé de Nice...

Elle était debout. Le commissaire la remerciait et un quart d'heure plus tard Jeanne Rozier rentrait chez elle, où, au lieu de se recoucher, elle prenait un bain chaud, après quoi elle s'habillait assez simplement.

Il était environ midi et demi quand elle pénétra chez Mélie, le restaurant d'habitués de la rue Blanche, où elle s'assit à sa table et commanda un porto, car elle n'avait pas faim.

— Louis ? lui demanda le garçon, comme si ce mot valait toute une phrase.

— Sais pas... Je suppose qu'il va venir...

A trois heures, il n'était pas encore là. Jeanne Rozier laissa une commission pour lui et alla dans un cinéma du quartier où, à cinq heures seulement, quelqu'un s'assit à côté d'elle. C'était lui !

— Tu arrives tard, murmura-t-elle.

— J'ai dû aller jusqu'à Poitiers.

— Dis donc ! Faut qu'on cause... Attention ! il pourrait y avoir des curieux derrière nous...

Ils sortirent du cinéma et gagnèrent une brasserie de la place Blanche, qui était pleine de monde.

— Ils m'ont fait venir au quai des Orfèvres, ce matin... Lucas... Celui qui a toujours l'air de vous traiter comme sa propre fille et qui est plus vache que tous les autres réunis... Où as-tu laissé notre ballot ?

— Chez Goin... C'est un drôle de type... Fernand,

qui était dans la première bagnole avec moi, prétendait qu'il n'arriverait jamais place d'Italie avec une
voiture... Ben, oui ! On y était à peine nous-mêmes
qu'on voit une auto qui nous fait le signal... On file
jusqu'à Juvisy, à pleins gaz... On entre dans le garage
et il y entre derrière nous, comme s'il n'avait fait que
ça toute sa vie...

— Qu'est-ce qu'il a dit ?

— Rien !... Goin attendait, avec son mécano...
On s'est mis tous au travail et une heure après c'était
fini... Rose nous a préparé du café chaud... Il ne
faisait pas encore jour que nous partions avec les
trois voitures, dans des directions différentes, sauf
ton Hollandais qui va rester là jusqu'à ce que je voie
ce qu'on peut en tirer... Il doit avoir mis de l'argent
en réserve quelque part...

— Faudra faire attention. La police sait que j'ai
passé une nuit avec lui. Si Lucas m'a fait venir un
jour comme aujourd'hui, à dix heures du matin, c'est
qu'il a son idée.

— C'est pas de chance ! grommela Louis. Faut que
je téléphone ça à Goin.

— Et s'ils écoutent ta conversation ?

Ils formaient, à leur table, un couple jeune,
élégant. Leur visage ne trahissait aucun de leurs
sentiments.

— On trouvera autre chose, dit Jeanne Rozier
avec l'air de vouloir en finir. Je t'en parlerai demain.
Ce soir, tu ferais mieux d'aller quelque part où on te
remarque, à un match de boxe, au vélodrome, je ne
sais pas, moi...

— Compris ! On dîne ensemble ?

— Non ! J'ai raconté que tu me faisais des charres avec une copine. Tu devrais essayer d'en trouver une...

En disant cela, tout en regardant ailleurs, elle lui pinçait la cuisse, et ajoutait :

— Seulement, ne t'avise pas d'y toucher ! Sinon...

Pourquoi Kees se serait-il étonné, alors qu'il avait entendu les confidences de Julius de Coster au *Petit Saint Georges* et qu'il avait décidé que tout ce en quoi il avait cru jusqu'alors n'existait pas ?

Jadis, il n'aurait pas remarqué que ce n'était pas un garage comme un autre. Maintenant, au contraire, il comprenait qu'un vrai garage ne s'installe pas à cent mètres de la grand-route, sur une voie qui ne conduit nulle part, avec deux pompes à essence non éclairées et des portes qui s'ouvrent d'elles-mêmes dès qu'on corne d'une certaine manière.

Il avait noté aussi que, dans une espèce de terrain vague, il y avait au moins une douzaine d'autos en morceaux, non pas des vieilles voitures, mais des autos assez neuves qui avaient eu des accidents, une même qui avait brûlé en partie. Il avait eu le temps, à la lueur des phares, de lire l'enseigne : « *Goin et Boret. — Spécialité d'électricité d'automobiles...* »

Enfin, il avait assisté, en fumant un cigare, à la scène qui avait suivi leur arrivée. Deux hommes attendaient, un grand gros, qui était Goin, et un gamin qui ne devait pas être Boret mais que tout le monde appelait Kiki. Goin était en salopette brune, avec des clefs anglaises qui dépassaient de ses poches. Il n'avait fait que toucher la main de Louis avant de se mettre au travail.

On sentait que chacun avait l'habitude de la manœuvre. La seconde voiture était conduite par un garçon sympathique, dont Kees n'entendit pas le nom et qui était en smoking, comme Louis et comme Fernand.

En dehors d'une camionnette et de quelques outils, le garage, au sol de terre battue, était vide, les murs peints à la chaux, avec un énorme poêle dans un coin et deux fortes lampes électriques qui lançaient des rayons aigus.

Pendant que les autres travaillaient, Louis tirait une valise de la camionnette, se mettait à moitié nu et, tranquillement, comme un acteur change de costume derrière un décor, revêtait un costume brun, nouait une cravate jaune, passait par-dessus le tout une salopette pour donner un coup de main aux camarades.

Fernand et le jeune homme en faisaient autant, cependant que Goin maniait un chalumeau et que Kiki déboulonnait les plaques d'immatriculation des voitures.

— Rose n'est pas ici ? demanda Louis.

— Elle va descendre. J'ai sonné dès que je vous ai entendus.

Et Kees découvrait un bouton de sonnerie, près d'une porte intérieure qui devait communiquer avec le logement. Effectivement, quelques minutes plus tard, une femme encore jeune, mal réveillée, habillée à la hâte, pénétrait dans le garage et disait bonjour à tout le monde, comme une copine, y compris à Popinga qu'elle observait cependant avec un rien d'étonnement.

— Rien que trois zincs! Mince de peu! On voit que c'est Noël...

— Prépare-nous vite du café, toi! Tu mangeras quelque chose, Louis?

— Merci! J'ai encore une dinde sur l'estomac...

Nul ne s'inquiétait de ce qui se passait dehors. On se sentait en sécurité. Entre deux coups de clef anglaise, on se lançait des renseignements, des plaisanteries.

— Jeanne va bien?

— C'est elle qui a déniché notre ami, que tu vas garder ici jusqu'à nouvel ordre. Attention! Il est sérieusement *mouillé* et, s'il se faisait prendre...

En une heure, les plaques d'immatriculation étaient changées, ainsi que les numéros des moteurs et des châssis. Il y avait une cuisine, derrière le garage, assez propre, ma foi, où Rose servit du café, du pain, du beurre et du saucisson.

— Vous, dit Louis à Kees, tout en buvant son café brûlant à petites gorgées, vous allez vous planquer ici et faire tout ce que Goin vous dira. Tant que vous n'avez pas de papiers, ce n'est pas la peine de faire le mariolle! La semaine prochaine, on verra à vous tirer de là... Compris?

— J'ai tout compris! déclara Popinga avec satisfaction.

— On file, nous autres ? Fernand rejoint la route de Reims... Toi, tu contournes Paris et tu essaies de vendre la bagnole à Rouen... Moi, je descends vers Orléans... A ce soir, mes enfants !... A ce soir, ma jolie Rose !...

Kees trouva d'abord amusant de rester dans cette atmosphère nouvelle, avec des gens qu'il ne connaissait pas. Son travail fini, Goin, qui mesurait un mètre quatre-vingts et qui était plus fort que le commandant de l'*Océan III,* sirotait son café en roulant avec soin une cigarette, tandis que Rose rêvassait, les coudes sur la table.

— T'es étranger ?

— Hollandais.

— Alors, s'il ne faut pas qu'on te trouve, il vaudra mieux dire que t'es Anglais. Il y en a dans la région. Tu parles anglais, au moins ? Les flics ont ton signalement.

Pendant que Kees reprenait du café avec beaucoup de lait, Goin montait à l'étage, revenait avec un vieux pantalon bleu et avec une salopette semblable à la sienne, ainsi qu'avec un épais chandail gris.

— Tiens ! Essaie ça... Ça doit t'aller... Rose va te dresser un lit dans le cabinet qui est derrière notre chambre... Si j'ai bien compris, il vaudra mieux que tu roupilles le plus possible en attendant...

Rose monta, à son tour, sans doute pour lui préparer son lit. Goin, qui avait sommeil, ferma à demi les yeux et resta immobile, les jambes étendues, jusqu'à ce qu'on entendît une voix qui criait d'en haut :

— On peut monter !

— Tu entends ?... Va te coucher... Bonne nuit...

L'escalier était sombre et étroit. Kees dut traverser la chambre de Goin et de Rose, qui était en désordre, et il se trouva dans une chambre plus petite où il y avait un lit de camp, une table, un miroir cassé au mur.

— Pour vous laver, vous n'aurez qu'à aller au robinet qui est dans le couloir... Le bruit ne vous gêne pas ?... Parce que, jour et nuit, vous entendrez siffler les trains... Nous sommes à côté de la gare de triage...

Elle referma la porte et il alla coller son visage à la vitre, aperçut, dans le demi-jour, des rails à l'infini, des wagons, des trains entiers, dix locomotives au moins qui, sur le ciel sale, dessinaient des panaches immaculés.

Il sourit, s'étira, s'assit sur son lit et, un quart d'heure plus tard, il dormait profondément, tout habillé.

Il dormait encore quand Jeanne Rozier fut appelée à la Police judiciaire. Il dormait toujours quand elle s'attabla chez Mélie et quand, vers deux heures, Rose vint entrouvrir la porte, étonnée d'un aussi long silence.

Il ne se leva qu'à trois heures et endossa ses nouveaux vêtements, qui le faisaient paraître plus épais, descendit à tâtons l'escalier que rien n'éclairait et, dans la cuisine, trouva un couvert mis au bout de la table.

— Vous aimez le lapin ?

— Mais oui !

Il aimait tout, tout ce qui se mange.

— Où est votre mari ?

— Ce n'est pas mon mari. C'est mon frère. Il est allé à un match de football, à quinze kilomètres d'ici.

— Les autres ne sont pas revenus ?

— Ils ne repassent jamais par ici.

— Et Jeanne Rozier ? Elle vient quelquefois ?

— Qu'est-ce qu'elle viendrait faire ? C'est la femme du patron !

Il aurait bien voulu revoir Jeanne, sans savoir au juste pourquoi. Cela l'ennuyait d'être ainsi séparé d'elle et il continuait à y penser en mangeant son lapin et en trempant des croûtes dans la sauce épaisse.

— Je peux aller me promener ?

— Charles ne me l'a pas dit.

— Qui est Charles ?

— Mon frère ! Goin, si vous préférez...

Drôle de femme, qui avait l'air d'une domestique plutôt que d'autre chose. Son teint était pâle, presque lunaire, et elle mettait beaucoup trop de rouge aux lèvres, portait une robe de soie orange qui ne lui allait pas et des talons trop hauts.

— Vous restez au garage tout l'après-midi ?

— Il faut bien que quelqu'un reste. Ce soir, j'irai danser.

Lui préféra sortir. Il se trouva dans les rues de Juvisy, où ne passaient ce jour-là que des gens endimanchés. Avec son chandail et le pantalon de Goin, il se promena les mains dans les poches et il eut l'idée d'acheter une pipe. Il n'y en avait que de très ordinaires, mais il en acheta une, la bourra de tabac gris et pénétra un peu plus tard dans un café où des clients jouaient au billard russe.

C'est là qu'il découvrit une machine à sous compliquée, où l'on mettait un franc et où des disques tournaient, s'arrêtant sur des fruits variés, formant des combinaisons donnant droit à deux, quatre, huit ou seize francs, voire à tout ce qu'il y avait dans l'appareil.

— Voulez-vous me donner cinquante pièces d'un franc ? demanda-t-il.

Une demi-heure plus tard, il en demandait encore cinquante, car il était vraiment passionné par ce jeu. On l'observait. On venait le regarder jouer. Lui avait tiré son calepin rouge de sa poche et marquait tous les coups.

A cinq heures, alors que l'air était bleu de fumée, il jouait toujours, sans s'inquiéter de ce qui se passait autour de lui, car il commençait à comprendre.

— En somme, dit-il au patron, une pièce sur deux tombe dans une case spéciale, qui est le bénéfice du propriétaire.

— Je ne sais pas. Ce n'est pas pour nous. Ce sont des gens qui installent ça chez nous et qui viennent prendre la recette.

— Tous les combien de temps ?

— Environ toutes les semaines. Cela dépend.

— Et combien ramassent-ils ?

— Je n'en sais rien.

On se lançait des clins d'œil en le voyant se livrer à

des calculs compliqués et jouer sans qu'un trait de son visage bougeât. Quand huit ou douze francs tombaient, il les ramassait sans broncher, inscrivait un chiffre, continuait...

Parmi les clients, il y avait surtout des cheminots et Kees, sans cesser de jouer, demanda à l'un d'eux :

— C'est une grande gare, ici ?

— C'est la plus importante gare de marchandises de Paris. C'est ici que se fait le triage... Vous savez, si vous continuez à jouer, vous perdrez ce que vous voudrez...

— Je sais.

— Et vous jouez quand même ?

Il avait dû abandonner sa pipe, qui l'incommodait. Il avait acheté des cigares. Il but un apéritif dont il ne connaissait pas le nom, mais qu'il voyait boire par la majorité des clients et dont la couleur lui plaisait.

C'était un drôle de Noël, vraiment ! Personne ne semblait s'inquiéter des cérémonies religieuses et on n'entendait pas la moindre cloche. A une table, des gens jouaient aux cartes. Il y avait toute une famille, le père, la mère et deux enfants. Le père jouait avec des camarades et les trois autres regardaient, les enfants buvaient de temps en temps une gorgée dans son verre.

Popinga avait fini ses calculs.

Important, il s'approcha du comptoir et déclara au patron :

— Savez-vous combien rapporte une machine comme celle-ci ? Au moins cent francs par jour. En supposant qu'elle coûte cinq mille francs...

— Et si on fait tomber la cagnotte ? objecta quelqu'un.

— Cela n'a pas d'importance ! Je vais vous expliquer...

Deux pages de son carnet étaient couvertes d'équations. On l'écoutait sans comprendre. Quand il partit, quelqu'un demanda :

— Qui est-ce ?

— Je ne sais pas. On dirait un étranger...

— Où travaille-t-il ?

— Sais pas non plus ! Il a laissé deux cents francs dans la machine ! C'est un drôle de type...

— Vous ne trouvez pas qu'il a l'air un peu cinglé !

Et un cheminot conclut :

— C'est tous les étrangers la même chose. Rapport à ce que nous ne les comprenons pas...

Goin rentra de son match et Rose alla danser. On ferma le garage. Goin, en pantoufles, déploya un journal, dans la cuisine, roula une cigarette et eut l'air, ainsi, du plus calme et du plus heureux des hommes, tandis que Kees transcrivait quelques notes dans son carnet.

Bénéfice sur les trois voitures : trente mille francs au bas mot. En recommençant chaque semaine, ce qui est facile, cela donne pour l'année...

Puis, en dessous :

Voudrais revoir Jeanne Rozier et savoir pourquoi elle m'a fait venir ici.

Là-dessus, il alla dormir, non sans contempler un bon moment les voies dans la nuit, les feux verts et rouges, les trains sombres qui passaient ; mais c'était à Jeanne Rozier qu'il pensait sans cesse et, chose curieuse, il évoquait avec complaisance des images d'intimité qui, au moment même, l'avaient laissé indifférent.

Le lendemain, il se leva à dix heures du matin, alors qu'il y avait une mince couche de neige, non sur la route où elle avait fondu, mais sur les talus et entre les rails de chemin de fer. Il trouva Rose en négligé, dans la cuisine, lui demanda où était son frère.

— Il est allé à Paris.

Dans le garage, il n'y avait que Kiki, qui réparait une magnéto en tirant la langue comme un écolier appliqué.

— J'ai envie d'aller à Paris aussi, dit-il à Rose.

— Mon frère m'a dit de vous en empêcher. Il paraît que vous comprendrez en lisant le journal de ce matin...

— Qu'est-ce qu'il raconte ?

— Je ne sais pas. Je ne l'ai pas lu.

On sentait qu'elle n'était pas curieuse. Elle était occupée à faire revenir des oignons dans une casserole et elle ne se retourna pas quand il déploya le journal.

On admettra que, dans une affaire aussi délicate, nous soyons tenus à la plus grande discrétion. Il nous est pourtant permis de signaler que la fête de Noël n'a pas été un repos pour tout le monde et que le commissaire Lucas, de la Police judiciaire, a fait de la bonne besogne. On peut s'attendre, d'un moment à l'autre, à l'arrestation du satyre d'Amsterdam qui...

Toujours sa manie! Il souligna d'un geste méprisant le mot de satyre et il regarda avec un drôle de sourire le dos de Rose, ses hanches larges que le peignoir élargissait encore.

De Hollande, d'autre part, on apprend que l'affaire pourrait prendre des proportions inattendues, étant donné que la maison Julius de Coster en Zoon vient d'être mise en liquidation judiciaire. Est-ce en découvrant que toutes ses économies, placées dans la maison qui l'occupait, étaient perdues, que Kees Popinga s'est vengé sur son patron? Faut-il chercher une autre explication à...

De tout cela, il retint surtout deux mots : commissaire Lucas. Puis il alla soulever le couvercle de la marmite. Puis, jusqu'à midi, il alla jouer à la machine à sous, dans le bistrot désert, tout en bavardant avec le patron.

Quand il rentra au garage, Goin était là, à déjeuner; un Goin qu'il reconnut à peine, car il portait un élégant costume de ville.

— Vous voilà enfin, vous! s'écria-t-il avec humeur. Vous n'êtes pas fou, non? Où êtes-vous allé?

— Dans un petit café sympathique.

— Vous ne savez pas ce qui se passe ? J'ai vu le patron, ce matin. Hier, un inspecteur est venu tirer Jeanne Rozier de son lit et l'a conduite au quai des Orfèvres. Si nous n'avons pas tous les emmerdements possibles avec vous, nous aurons de la chance !

— Qu'est-ce qu'elle a dit ?

— Qui ?

— Jeanne Rozier.

— Je n'en sais rien. En tout cas, le patron vous défend de sortir de votre chambre. Rose vous montera vos repas. Il ne faut pas qu'on vous voie d'ici quelques jours, jusqu'à ce que Louis vous fasse signe...

— Vous ne mangez pas ? demanda Rose avec indifférence.

— J'attends qu'on me serve.

— Quand il vous a amené, je ne savais pas que c'était aussi grave que ça. Dites donc ! qu'est-ce qui vous a pris ? Vous êtes cinglé, oui ?

— Je ne comprends pas ce mot.

— Ça vous arrive souvent, ces lubies d'étrangler les femmes ?

— C'est la première fois. Si elle n'avait pas ri...

Et il commençait à manger le bœuf en daube avec des pommes de terre frites.

— J'aime mieux vous annoncer tout de suite que, si vous avez le malheur de toucher à ma sœur, je vous casse la gueule ! Si j'avais su quel coco vous êtes...

Kees jugea que ce n'était pas la peine de répondre. L'autre n'était pas capable de comprendre et il valait mieux manger sans rien dire.

— Une fois dans votre chambre, ne vous avisez pas d'en sortir. C'est bien assez que vous soyez allé faire le malin dans les bistrots de Juvisy ! Vous n'avez pas parlé aux gens, au moins ?

— Si.

Le plus drôle, c'est que c'était Goin qui s'emballait et Kees qui restait calme, qui mangeait avec appétit.

— On verra bien si le patron a fait une bêtise. Dire que je vous avais pris pour quelqu'un d'intéressant !

Une vraie dispute ! Avec Rose qui mangeait sur un coin de la table, tout en surveillant son fourneau, comme une bonne ménagère, et Kiki qui, lui, mangeait assis sur le seuil, son assiette sur ses genoux.

Popinga préféra ne pas dire ce qu'il pensait. Il eut l'air de tout encaisser et, grâce à ça, Goin continua à parler :

— Dans trois jours au plus tard, le patron sera rentré. Il faut qu'il descende ce soir à Marseille, mais, dès son retour...

Le parti de Popinga était déjà pris. Il termina son repas, s'essuya la bouche avec son mouchoir, déclara :

— Je monte chez moi. Bonsoir !

Sans répondre, on le laissa s'engager dans l'escalier, mais il n'était pas en haut que Goin lui criait à regret :

— Si vous avez besoin de quelque chose, vous n'avez qu'à frapper trois fois du pied sur le plancher. La cuisine est juste en dessous. Rose entendra...

Kees n'avait nulle envie de dormir. Il alla s'accouder à la fenêtre, qui était plutôt une lucarne, et laissa son regard errer sur un paysage étonnant, fait tout au fond de prés sous la neige, puis de rails, de bâtiments, de poutrelles de fer, de tout le matériel incohérent d'une grande gare, de wagons sans locomotive qui glissaient tout seuls, de locomotives haut le pied qui marquaient rageusement le pas, de sifflets, de hurlements et de quelques arbres échappés au massacre et qui dessinaient tristement le fouillis noir de leurs branches sur le ciel glacé.

De tout ce qu'on lui avait dit, Kees ne retenait qu'une chose : Louis était parti, ou allait partir pour Marseille.

Vers quatre heures, assis sur son lit, sous l'ampoule électrique sans abat-jour, il relisait :

Le commissaire a entendu une certaine Jeanne R..., 13, rue Fromentin, qui...

Il faisait froid. Kees avait jeté sur lui la couverture de coton. Il avait tiré son lit vers le tuyau de poêle de la cuisine qui traversait sa chambre avant de gagner le toit. Les trains sifflaient méchamment. Les bruits du dehors s'orchestraient, avec des sons graves, des aigus et le halètement des machines ; puis, parfois, le chuintement d'une auto lancée à toute vitesse sur la route.

Louis partait pour Marseille... Et cette Rose à mine blafarde ne lisait même pas le journal pour savoir qui il était... Et Louis devait pester tout seul contre lui... A moins qu'il soit déjà occupé à le vendre...

121

Cela n'avait pas d'importance, n'est-ce pas? Il pouvait hausser les épaules et regarder avec mépris le chandail trop épais, la salopette qui avaient un moment transformé le vrai Popinga.

Il était plus fort qu'eux tous, y compris Louis, y compris Jeanne Rozier... Toute la bande était comme liée au garage, de la même façon que *maman* était liée à sa maison, que Claes était lié à sa clientèle et à Eléonore, que Copenghem était lié au cercle d'échecs dont il ambitionnait la présidence...

Lui, Popinga, n'était lié à rien, à personne, à aucune idée, à rien de rien, et la preuve...

CHAPITRE VI

Les indiscrétions du tuyau de poêle et le deuxième attentat de Kees Popinga.

Il se serait peut-être assoupi dans la tiède haleine du tuyau de poêle, où il sentait pour ainsi dire passer les flammes, s'il n'avait entendu nettement une porte s'ouvrir dans la cuisine, des pas se rapprocher du fourneau, puis un vacarme qui couvrit tous les autres bruits, celui du poêle que l'on tisonnait. Ce vacarme n'était pas terminé que la voix de Goin questionnait :

— Tu as écouté à la porte ? Qu'est-ce qu'il fait ?

Et la voix de Rose de répondre, maussade :

— Je n'en sais rien. On ne l'entend même pas remuer.

— Tu ne veux pas me préparer une tasse de café ?

— Si ! Qu'est-ce que tu tripotes ?

— Tu vois ! J'essaie de réparer le réveil, qui ne veut pas marcher...

Kees sourit. Il les imaginait tous les deux : Goin, en pantoufles, une cigarette éteinte collée à la lèvre, sourcils froncés, occupé à démonter ou à remonter le réveil sur la table de la cuisine, tandis que sa sœur, d'après les bruits, devait commencer à laver la vaisselle.

— Que penses-tu de ce type-là, toi ?

Les voix arrivaient d'autant plus feutrées qu'en bas on parlait sans passion, par désœuvrement, avec de longs silences entre les phrases. Parfois, un train traversait brusquement la conversation, dont il ne laissait que des miettes.

Kees, les yeux fermés, écoutait tout en savourant les bouffées de chaleur.

— Je pense que c'est un drôle de bonhomme. Je ne m'y fierais pas ! Qu'est-ce qu'il a fait ?

— Je l'ai appris seulement tout à l'heure. Il a étranglé une danseuse, à Amsterdam, et peut-être qu'avant il avait déjà estourbi un vieux...

Kees Popinga ne put s'empêcher, malgré son engourdissement, d'étendre le bras et d'écrire le mot « estourbi » dans son calepin rouge.

En bas, l'eau bouillait, Rose se hâtait de moudre un peu de café, posait une tasse et le sucrier sur la table.

— Par exemple, si je devine où était cette roue-ci...

— T'as vu Louis ?

— Oui. Je voulais savoir ce qu'il compte faire du copain de là-haut.

— Qu'est-ce qu'il a dit ?

— Tu sais comment il est. Il veut faire croire qu'il raisonne sur tout et qu'il ne fait rien sans raison... N'empêche que, moi, j'ai toujours prétendu qu'il improvise. Il a essayé de me démontrer qu'il tient le type et qu'il peut lui faire cracher autant qu'il voudra. Mais d'abord, comme je lui ai répliqué, le type nous tient aussi...

— Bois ton café tant qu'il est chaud... Il y a encore une vis par terre...

— Quand on répond comme ça à Louis, il se fâche et crie que, du moment qu'il prend toutes les responsabilités, on n'a qu'à le laisser faire. Moi, je lui ai dit, je veux bien. Les autos, ça va ! Mais je n'aime pas beaucoup avoir chez moi un coco comme le Hollandais... Suppose que ce soit un piqué et qu'il te saute dessus à ton tour...

— Il ne me fait pas peur.

— Sans compter que ça peut tout de suite aller chercher pour nous dans les cinq ans... Mon idée, c'est que c'est Jeanne qui a embêté Louis avec le citoyen... Louis, qui n'ose pas dire non, a dit oui sans penser plus loin... Ça y est ! On va voir si ça marche...

Les sons étaient si nets qu'on voyait pour ainsi dire Goin remonter son réveil enfin reconstitué.

— Il marche ?

Pour toute réponse, un fracas, celui du réveil que le garagiste avait envoyé, de rage, à l'autre bout de la cuisine.

— T'en achèteras un autre demain matin... On n'a pas apporté le journal ?

— Pas encore.

— Moi, j'ai conseillé à Louis une bonne chose. Tant qu'il y est d'avoir une occasion pareille sous la

125

main, autant en profiter pour obtenir un « condé ». En refilant en douce le satyre à la police, il est évident qu'on ne se montrerait pas trop regardant en ce qui concerne nos affaires...

— Qu'est-ce qu'il a répondu ?

— Rien. Il verra ça en revenant de Marseille.

— Il y a la guillotine, en Hollande ?

— Je ne sais pas. Pourquoi demandes-tu ça ?

— Pour rien.

Un silence. Puis la voix un peu gênée de Goin :

— Ce serait un homme comme nous, je ne parlerais pas ainsi. Mais tu comprends ce que je veux dire. T'as vu toi-même comment il agit. Je vais aller chercher mon journal, tiens...

Kees Popinga n'avait pas bougé. Au-delà de la lucarne, il ne voyait que quelques lumières suspendues dans le ciel et il entendait maintenant, en dessous de lui, Rose aller et venir sur ses semelles de feutre, ouvrir des placards, des armoires, ranger des choses de porcelaine ou de faïence, puis, soudain, charger le poêle.

Ce fut très long. Pour Goin, le journal n'était qu'un prétexte à s'installer au bistrot et, sans doute, à y faire une belote, car il rentra deux heures plus tard, alors que la table était mise pour dîner.

— Venu personne ?

— Non.

— Et là-haut ?

— Il doit dormir. Je ne l'ai pas entendu marcher.

— Sais-tu ce que je pensais, en revenant ? c'est que ces oiseaux-là sont plus dangereux pour la société que nous. Il est arrivé à Louis de tirer, une fois, boulevard Rochechouart parce qu'il allait être fait marron. Du moins, dans ces cas-là, sait-on à quoi s'en tenir. Tandis que l'autre !... Dirais-tu bien ce qu'il pense, toi ?

— Ce doit pas être rigolo ! soupira Rose.

— Qu'est-ce que tu veux ? Pour ma part, je le répète, j'aime pas ça dans la maison !... Encore du lapin ! C'est un abonnement alors ?

— Il en reste d'hier.

— Faudra qu'on lui porte à manger.

— J'irai tout à l'heure.

En effet, un peu plus tard, ce fut Rose qui frappa à la porte :

— Ouvrez ! dit-elle en même temps. C'est votre dîner.

Popinga s'était levé. L'huis ouvert, et comme Rose était encombrée d'un plateau, il l'avait fait exprès de se placer entre elle et la porte et de la regarder avec des petits yeux inquiétants.

— Vous êtes gentille, vous, au moins ! disait-il.

Peut-être ne savait-il pas encore s'il voulait lui faire peur ou si c'était plus grave.

— Vous allez rester un petit moment avec moi, n'est-ce pas ?

Elle se retourna sans marquer la moindre émotion, le regarda des pieds à la tête :

— Dites donc ! fit-elle d'une voix vulgaire.

Et son regard s'arrêtait sur les yeux de son interlocuteur, sur son sourire forcé, sur ses mains frémissantes.

— Vous ne me prenez pas pour une danseuse, non ? Vous feriez mieux de manger et de vous coucher !

Ainsi, sans éclat, elle le forçait, par sa seule attitude, à lui livrer passage. Elle atteignait le seuil, se retournait :

— Quand vous aurez mangé, vous n'aurez qu'à mettre le plateau à la porte.

L'instant d'après, Popinga avait la joue presque contre le tuyau du poêle et bientôt il entendait s'ouvrir et se refermer la porte vitrée de la cuisine. Une chaise bougea : Rose qui s'asseyait... Un silence... Le heurt d'un verre contre une bouteille...

— Il dormait ?

— Je suppose que oui...

— Il n'a rien dit ?

— Qu'est-ce qu'il aurait dit ?

— Il me semble que je vous ai entendus causer.

— Je lui ai dit de manger et de poser le plateau à la porte.

— Tu ne trouves pas que j'ai raison et que Louis est imprudent ? Si Lucas a fait venir Jeanne au Quai, c'est qu'il a son idée... Jeanne doit être surveillée, Louis aussi. Je me demande même si, aujourd'hui, la police n'a pas su que je le voyais. Suppose qu'on m'ait suivi...

— Tu veux le dénoncer ?

— C'est-à-dire que, si ce n'était pas Louis...

Il dut se plonger dans la lecture de son journal, car on fut longtemps sans rien entendre. Enfin, il soupira :

— Si on allait se coucher ? Il n'y aura rien cette nuit ! Je vais fermer le garage.

Popinga, comme Rose le lui avait demandé, avait posé le plateau de l'autre côté de la porte et refermé celle-ci avec soin. Puis il s'était débarrassé des vêtements que Goin lui avait prêtés et avait revêtu son complet gris, dans les poches duquel il avait glissé ce qu'il lui restait d'argent et son calepin rouge.

Il était sans impatience. Etendu sur son lit, la couverture jetée sur lui, il attendait, tandis qu'à côté le frère et la sœur se dévêtaient tranquillement, en échangeant quelques mots, en remuant divers objets, puis se couchaient, habitués depuis leur enfance dans quelque campagne pauvre à dormir à cinq ou six dans une même chambre.

— ... soir, Rose !

— ... soir !

— Je ne veux pas me poser en prophète. Je sens bien que tu ne m'approuves pas. Mais tu verras que j'ai raison !

— On verra..., répliqua-t-elle, résignée ou déjà somnolente.

Popinga attendit un quart d'heure, une demi-heure, se leva sans bruit, marcha vers la lucarne. Il neigeait. Un instant, il eut peur que le fait d'ouvrir la fenêtre déclenchât d'un seul coup dans la maison tous les bruits de la gare de triage et réveillât le frère et la sœur.

Mais il savait que les choses se passeraient très vite. Juste sous la lucarne, se trouvait une vieille camionnette dont la bâche avachie n'était pas à deux mètres de la fenêtre. Popinga se suspendit dans le vide, se laissa tomber et, l'instant d'après, il était dans un terrain vague, derrière le garage, où ses pas se marquaient dans la mince couche de neige.

Il voulut regarder l'heure et constata qu'il n'avait plus sa montre, que Goin avait dû lui prendre. Après s'être orienté, il gagna Juvisy et passa devant le bistrot où il avait joué à la machine à sous et où il faillit entrer, se montrer tel qu'il était d'habitude, en complet et pardessus gris, avec un faux col et une cravate.

L'heure, il la vit à la gare : onze heures moins vingt. Il entra et demanda poliment à l'employé quand il y aurait un train pour Paris.

— Dans douze minutes, lui répondit-on.

Sur le quai de la gare, il avait une véritable sensation de délivrance. Non pas qu'au garage il ait un seul instant eu peur ! C'était un sentiment qu'il n'avait pas connu depuis son départ de Groningue.

Mais il lui semblait qu'en venant à Juvisy il avait perdu soudain le bénéfice de son évasion.

C'était un peu comme s'il fût retombé en tutelle, comme si, à Mme Popinga et à Julius de Coster, d'autres se fussent substitués : Louis, Goin, sa sœur Rose.

Or ces gens-là ne l'avaient pas mieux compris que les gens de Groningue. Quel mot Goin avait-il donc prononcé ? Il ouvrit son calepin rien que pour le retrouver :

— *Estourbi !*

Voilà : pour eux, il avait *estourbi* Julius de Coster et il était un *cinglé* !

Il y avait pis : pendant les quelques heures qu'il avait passées sur son lit de camp, à écouter les bruits de la cuisine, Kees, par moment, s'était presque cru chez lui, à Groningue, quand, par exemple, de sa chambre, il entendait bavarder sa femme et la servante. Elles avaient la même façon de se lancer les phrases sans se presser et de juger gens et choses comme si le monde entier eût été à portée de leur entendement...

Quant à Louis, Goin devait avoir raison : c'était un gamin qui jouait les grands patrons, mais qui ne savait pas au juste ce qu'il voulait...

Popinga ne s'était jamais senti aussi fort que sur ce quai de gare, qu'il arpentait en regardant les affiches de tourisme et en fumant un cigare. Il planait à des milliers de coudées au-dessus d'un Louis, d'un Goin, d'un Julius de Coster, de tous ces fanfarons bavards !

Il était sûr, en achetant n'importe quel journal, d'y trouver des informations le concernant. Peut-être publiait-on à nouveau son portrait ? La police le recherchait ! Des gens tremblaient à l'idée que le fameux satyre d'Amsterdam pouvait rôder autour d'eux !

Et lui s'en allait tranquillement de son abri, prenait un billet de seconde classe, attendait un train et allait en descendre à Paris, là où le commissaire Lucas dirigeait les recherches.

N'était-ce pas la preuve qu'il était plus fort et plus intelligent qu'eux tous ? Il ferait mieux encore : il irait chez Jeanne Rozier, justement parce que c'était dangereux, parce que c'était la seule chose à ne pas faire !

D'ailleurs, il avait besoin de la voir. Il y avait entre eux des choses qui n'étaient pas réglées.

Le train entra en gare. Le hasard voulut qu'il prît place dans un compartiment où deux femmes de la campagne, vêtues de sombre, bavardaient des événements de leur village, des maladies des voisines et des morts de l'année.

Assis sagement dans son coin, il les regardait avec une folle envie de leur déclarer soudain :

— Permettez que je me présente : Kees Popinga, le satyre d'Amsterdam !

Il ne le fit pas, non ! Mais il y pensa à plusieurs reprises. Il se donna le malin plaisir d'imaginer la scène qui suivrait. Malgré tout, à Paris, ce fut lui qui prit dans le filet les valises de ses compagnes et il ne put s'empêcher d'avoir un sourire ironique en murmurant, comme un homme bien élevé :

— A votre service !

Au fond, voilà ce qu'il avait voulu : être seul, tout seul à savoir ce qu'il savait, seul à connaître Kees Popinga et à errer dans la foule, à aller et venir parmi des gens qui le frôlaient sans savoir et qui pensaient de lui des choses stupides, toujours différentes.

Pour les deux femmes, par exemple, il était un galant homme, comme on n'en rencontre plus beaucoup. Pour Rose... Au fait, elle n'avait pas dit clairement ce qu'elle pensait, mais il était persuadé qu'elle le méprisait, faute d'imagination.

132

Il était heureux de retrouver Paris, ses autobus, ses taxis, les gens qui allaient en tous sens à la poursuite de Dieu sait quel but inexistant. Lui avait le temps. Le *Picratt's* ne fermait jamais avant trois ou quatre heures du matin et, en supposant que Jeanne Rozier sortît seule, elle ne serait chez elle que vers trois heures et quart au plus tôt.

Drôle d'idée que Kees avait eue de ne pas en profiter alors qu'elle était à sa disposition, couchée dans son propre lit ! Maintenant, au contraire, rien que de penser à elle...

Mais c'était différent ! A présent qu'elle savait, il éprouvait le besoin de la dominer, de lui faire peur, car elle était trop intelligente pour le repousser aussi bêtement que Rose.

En attendant, comme il n'avait rien à faire, il accosta un agent et lui demanda où se trouvait la Police judiciaire. Une curiosité légitime, s'il en fût ! Dans tous les journaux où il était question de lui, on parlait de la Police judiciaire et du commissaire Lucas ! Il fut satisfait de découvrir le quai des Orfèvres et de déchiffrer, au-dessus d'une porte mal éclairée : *Police judiciaire*. Il eût été plus satisfait encore d'apercevoir le commissaire en personne, mais c'était difficile.

Il se contenta de rester un bon moment assis sur le parapet de la Seine, à regarder les trois fenêtres demeurées éclairées, au premier étage. Dans la cour, au-delà du porche monumental, deux autocars de police et une voiture cellulaire attendaient.

Il ne s'en alla qu'à regret. Il aurait voulu entrer,

voir de plus près. Place Saint-Michel encore, il se retournait et c'est à un agent, une fois de plus, qu'il demanda la direction de Montmartre. Il aurait demandé son chemin inutilement pour le seul plaisir d'adresser la parole à des sergents de ville. Cela lui permettait de penser :

« Il ne se doute pas... »

Il ne pouvait pas marcher jusqu'à trois heures du matin et il entrecoupa sa promenade de haltes dans les bars où, autour du comptoir en fer à cheval, il retrouvait quelques humains dont la vie était un instant comme suspendue. Des gens, pour boire leur café, prenaient un air rêveur. D'autres, accoudés au comptoir, leur consommation terminée, avaient les yeux si vides qu'on se demandait à quel moment et par quelle magie ils allaient soudain reprendre conscience d'eux-mêmes. Une petite fille qui portait un panier de violettes lui rappela la nuit de Noël et les deux visites que Jeanne Rozier lui avait faites au tabac de la rue de Douai.

Goin devait avoir raison ; c'était Jeanne qui avait décidé Louis à s'occuper de lui. Mais pourquoi ? Parce qu'il l'avait impressionnée ? Parce qu'il ne s'était pas conduit avec elle comme un client ordinaire ? Ou bien parce que, sachant ce qu'il avait fait, sa curiosité était éveillée ?

Quant à l'idée de pitié, Popinga la repoussait, non seulement parce qu'il ne voulait pas de pitié, mais parce que Jeanne Rozier n'était pas femme à en avoir.

« Encore une heure ! » constatait-il avec impatience.

A mesure que l'instant approchait, il pensait davantage à elle et il essayait de prévoir ce qui allait arriver. A partir de ce moment-là, alors qu'il n'avait encore bu que de l'eau minérale, il commença à commander des verres de cognac qui lui firent monter le sang à la tête.

Et, à deux heures et demie, en se regardant dans la glace d'un café du boulevard des Batignolles, il pensa :

« Dire que personne ne sait encore ce qui va se passer !... Pas même moi... Pas même Jeanne, qui attend l'heure de rentrer chez elle !... Louis est à Marseille... Goin et sa sœur dorment dans leur chambre, en me croyant derrière la porte... Personne ne sait... »

Il se fit apporter un journal et dut aller jusqu'à la cinquième page pour trouver quelques lignes le concernant. Il en fut vexé, d'autant plus que c'était toujours le même refrain :

Le commissaire Lucas poursuit son enquête au sujet du crime d'Amsterdam et croit aboutir, sous peu, à l'arrestation de Popinga.

Encore un qui se jugeait malin, ce commissaire Lucas, et qui ne savait rien du tout ! Peut-être, il est vrai, ne faisait-il écrire cela dans les journaux que pour impressionner Kees !

Celui-ci allait voir tout de suite si le commissaire

était aussi fort qu'il voulait le paraître. Il se fit désigner la rue Fromentin, toujours par un agent, la parcourut trois fois en fouillant du regard toutes les encoignures et il fut certain qu'aucun policier n'était embusqué à proximité du numéro 13.

Donc, personne n'avait prévu qu'il viendrait rendre visite à Jeanne Rozier cette nuit-là ! Donc, Lucas n'avait rien compris ! Donc, Popinga continuait à être le plus fort !

Quelle tête ferait-il, le commissaire, s'il arrivait quelque chose cette nuit ? Et que diraient les journaux, qui répétaient docilement ses phrases rassurantes ?

En définitive, plus il agirait et plus les autres perdraient de leurs chances, car, à chacun de ses actes, correspondraient des hypothèses nouvelles, des hypothèses fatalement contradictoires, qui finiraient par tout embrouiller !

Qu'est-ce qui l'empêchait d'agir ? Qu'est-ce qui l'aurait empêché, tout à l'heure, d'attaquer les deux femmes dans le train, de tirer la sonnette d'alarme et de descendre tranquillement tandis qu'on se mettrait à galoper dans les couloirs ?

Il retrouva facilement le *Picratt's,* où il avait passé ses premières heures de Paris, et il se promena aux alentours, en attendant la fermeture. Au fond, quand il était arrivé, il ne savait encore rien. Il n'avait pas eu le temps de réfléchir. Et maintenant il avait presque pitié du bonhomme qui avait débarqué à la gare du Nord et qui s'était empressé de commander du champagne et de raconter des histoires à une fille !

Deux femmes sortirent du cabaret, des entraîneuses comme Jeanne, mais elle n'en était pas.

Cela l'obligea à envisager avec ennui le cas où elle serait accompagnée d'un client et où, par conséquent, il faudrait tout remettre à plus tard, peut-être au lendemain.

Mais non! Elle sortait! Elle portait son manteau de petit-gris, un bouquet de violettes au revers, et elle martelait le trottoir de ses talons démesurés.

Elle était frileuse. Elle marchait vite, en frôlant les maisons, sans regarder autour d'elle, comme quelqu'un qui fait chaque jour le même chemin à la même heure.

Kees la suivait, sur l'autre trottoir, sûr, désormais, qu'elle ne lui échapperait pas.

Il eut une petite peur, pourtant, quand elle entra dans un des rares bars encore ouverts, mais il fut bien étonné en la voyant à travers la vitre commander un café-crème et y tremper un croissant.

Donc, personne ne l'avait invitée à souper! Elle mangeait avec le regard vague qu'il avait remarqué chez ceux qui s'installent dans ces sortes d'établissements. Elle fouillait son sac, payait, repartait sans perdre de temps.

Il attendit qu'elle eût sonné à sa porte et, au moment où la minuterie fonctionnait, il s'approcha, sans rien dire, ce qui la fit sursauter. Elle ne desserra pas les lèvres, ne prononça pas un mot, mais de la peur troubla le vert de ses prunelles, il en fut certain, avant qu'elle haussât les épaules et s'effaçât pour le laisser passer.

L'ascenseur était tellement étroit qu'ils se frôlaient. C'est Jeanne qui le fit fonctionner, le renvoya,
chercha sa clef dans son sac, balbutia enfin :

— Qu'est-ce que vous allez dire à Louis ?

Il se contenta de sourire en la regardant et elle fut
confuse, car elle comprit qu'il savait, qu'il avait
deviné sa ruse. Ce ne fut qu'en pénétrant dans le
logement que Kees murmura :

— Louis est à Marseille !

— C'est Goin qui vous l'a dit ?

— Non !

Elle avait refermé la porte, allumé la lampe de
l'entrée. Le logement comportait trois pièces, plus
une salle de bains, le tout était vieillot, étoffé, avec
des tapis partout et beaucoup trop d'ornements bon
marché, des souliers du soir qui traînaient, un
sandwich sur la table du salon, à côté d'une bouteille
de vin à moitié vide.

— Qu'est-ce que vous êtes venu faire ?

Il s'assurait d'abord qu'elle avait bien les yeux
verts, comme dans son souvenir, et il lui sembla que
la peur les rendait encore plus verts.

— J'aurais pu appeler le concierge...

— Pourquoi faire ?

Et, en homme qui se sent chez lui, il retirait son
pardessus, buvait une gorgée de vin à même la
bouteille, ouvrait une porte qui était celle de la
chambre à coucher. Il remarqua que, sur la table de
nuit, se trouvait un appareil téléphonique et il se
promit d'y prendre garde, mais déjà Jeanne Rozier
avait surpris son regard et sa pensée.

C'était plaisir de jouer avec elle, parce qu'elle avait des intuitions, parce qu'elle gardait son sang-froid, que ses émotions ne se marquaient que par des signes à peine perceptibles.

— Vous ne vous déshabillez pas ? dit-il en retirant sa cravate et son faux col.

Elle n'avait pas encore enlevé son manteau de petit-gris, qu'elle laissa soudain glisser de ses épaules avec un petit geste fataliste.

— Quand j'ai su que Louis allait à Marseille, j'ai tout de suite pensé en profiter... C'est le portrait de qui, au-dessus du lit ?

— De mon père.

— C'était un bel homme ! Il avait surtout des moustaches extraordinaires...

Et il s'était assis dans un petit fauteuil Louis XVI pour enlever ses chaussures. Jeanne Rozier, au contraire, ne continuait pas de se dévêtir. Après avoir fait quelques pas dans la chambre, elle se campait au milieu et prononçait :

— Je suppose que vous ne comptez pas vous installer ici ?

— Jusqu'à demain tout au moins, oui !

— Je regrette, mais c'est impossible.

Elle avait du cran. Malgré elle, son regard allait parfois chercher l'appareil téléphonique. Surtout qu'au lieu de répondre, il riait et retirait sa seconde chaussure.

— Vous avez entendu ?

— J'ai entendu, mais cela n'a pas d'importance, n'est-ce pas ? Vous oubliez que nous avons déjà

139

dormi tous les deux dans le même lit ! Cette nuit-là, j'étais très fatigué. Sans compter que je ne vous connaissais pas encore. Depuis, j'ai regretté...

Il restait assis, satisfait de lui, en proie à une fièvre légère qui assourdissait sa voix.

— Ecoutez..., prononça-t-elle. Je n'ai pas voulu provoquer un scandale, en bas, ameuter la concierge et les locataires... Je sais ce que vous risquez. Mais vous allez vous rhabiller tout de suite ! Vous allez filer ! Je veux croire que vous n'êtes pas encore assez fou pour imaginer que j'accepterais, maintenant...

— Maintenant que quoi ?

— Rien !

— Maintenant que vous savez ? Dites ! Maintenant que vous savez ce qui s'est passé avec Paméla ? Répondez donc ! Je vous jure que cela m'amuse énormément. Voilà trois jours que je me demande ce que vous pensez...

— Ne vous donnez pas cette peine !

— Trois jours que je me dis : « Celle-là est moins bête que les autres... »

— C'est possible, mais vous allez quand même filer.

— Et si je ne filais pas ?

Il était debout, en chaussettes, le bouton de col pointant sur sa pomme d'Adam.

— Ce sera tant pis pour vous.

Elle avait tiré d'un petit meuble un revolver à crosse de nacre et elle le tenait à la main, sans viser, d'une façon qui n'en était pas plus rassurante.

— Vous tireriez ?

140

— Je ne sais pas. C'est probable.

— Pourquoi ? Oui, je vous demande pourquoi, maintenant, vous ne voulez plus. La première fois, c'est moi qui n'ai pas voulu.

— Je vous prie de sortir !

Elle s'arrangeait pour s'approcher insensiblement du téléphone. Ses mouvements étaient maladroits, trahissaient une peur qu'elle aurait voulu lui cacher. C'est peut-être cette peur qui fut la cause de tout, qui poussa Kees au paroxysme. Mais il ne perdit pas pour autant ses facultés de comédien.

— Ecoutez, Jeanne, larmoya-t-il, tête basse, vous êtes méchante avec moi, alors que je n'ai que vous pour me comprendre et...

— N'approchez pas.

— Je n'approcherai pas, mais je vous supplie de m'écouter, de me répondre. Je sais que Goin et sa sœur voulaient me livrer à la police.

— Qui vous a dit ça ? riposta-t-elle avec véhémence.

— Je les ai entendus qui en parlaient. Je sais aussi que Louis espérait me soutirer la forte somme.

— Ce n'est pas vrai !

— C'est vrai ! Il ne vous l'a peut-être pas dit, mais il l'a dit à Goin, qui l'a répété à sa sœur. J'écoutais leur conversation. Je suis parti par la lucarne et je suis venu...

Elle devait être déroutée, car elle n'était déjà plus autant sur la défensive et elle réfléchissait, le regard fixé au tapis. Lui, qui ne perdait pas une de ses expressions de physionomie, continuait :

— La preuve que vous saviez quelque chose et que, vous aussi, vous me trahissiez, c'est que vous avez saisi un revolver...

— Ce n'est pas pour cela !

Elle avait relevé vivement la tête, dans un mouvement de sincérité.

— Alors pourquoi ?

— Vous ne comprenez pas ?

— Vous voulez dire que je vous fais peur ?

— Non !

— Alors ?

— Rien !

Il avait réussi à gagner trois pas. Deux pas encore, et il était sur elle. Maintenant déjà, le sort en était jeté. Il n'avait pas réfléchi à ce qu'il allait faire, mais il savait que l'événement était pour ainsi dire en train.

— Cela vous fait quelque chose de savoir que...

— Taisez-vous !

— Si elle n'avait pas été aussi bête...

— Mais taisez-vous donc !

Dans son impatience, elle esquissait un geste qui, pour un moment, rendait le revolver sans danger. Kees en profita, avec une étonnante sûreté de coup d'œil. Il bondit sur elle, la renversa sur le bord du lit et lui arracha l'arme. En même temps, pour l'empêcher de crier, il lui mettait l'oreiller sur la tête et appuyait de tout son poids.

— Jurez que vous n'appellerez pas...

Elle se débattait. Elle était vigoureuse. L'oreiller glissa et alors il frappa sur la tête avec la crosse du revolver, une fois, deux fois, trois fois, car il n'était préoccupé que de guetter le moment où elle resterait enfin immobile.

Quand il remit ses chaussures, après avoir lavé ses mains où il avait remarqué des taches de sang, il était aussi calme qu'après Paméla, mais d'un calme plus lourd, peut-être triste ? La preuve, c'est que, une fois prêt, il alla se camper devant le lit, toucha les cheveux roux de Jeanne et grommela :

— Comme c'est malin !

Ce n'est que dans l'escalier qu'il haussa les épaules et trouva une pensée consolatrice :

« Maintenant, au moins, c'est bien fini ! »

Il savait qu'il serait seul à se comprendre. Ce qui était fini, il n'aurait pas pu l'expliquer. C'était tout, tout ce qui aurait pu le relier encore à la vie des autres. Désormais, il était seul, bien seul, seul contre le monde entier !

Il eut un moment de panique. Au rez-de-chaussée, il essaya en vain d'ouvrir la porte. Ne connaissant pas Paris, il ignorait comment cela se passait et il s'impatientait, une sueur d'angoisse au front.

Un instant, il pensa monter au dernier étage, attendre le matin, quand d'autres locataires sortiraient. Mais le hasard fit que quelqu'un sonna, que la porte s'ouvrit. Il vit entrer un couple qui se retourna avec un certain étonnement sur cette ombre qui fuyait.

Encore des gens qui, le lendemain, parleraient de lui à la police !

Montmartre était calme. Les enseignes s'étaient

éteintes. De rares taxis rôdaient encore, qui lui faisaient des offres de services.

Mais pourquoi prendre un taxi, puisqu'il ne savait pas où il allait ?

Quelque chose, pourtant, le tourmentait, l'image de Jeanne Rozier qui tarderait peut-être à revenir à elle et qui...

Tant pis ! Il arrêta le prochain taxi, eut de la peine à expliquer ce qu'il voulait.

— Voilà ! Vous irez au 13 de la rue Fromentin. Vous monterez au troisième, chez Mlle Rozier. Elle attend un taxi pour la conduire tout de suite à la gare. Voici vingt francs d'acompte.

Le chauffeur paraissait méfiant.

— Vous êtes sûr que cette dame... ?

— Puisque je vous dis qu'elle attend un taxi !

L'autre haussa les épaules et mit son moteur en marche, tandis que Popinga, à grands pas, descendait vers le centre de la ville. Qu'est-ce que cela pouvait lui faire que les recherches commençassent un peu plus tôt ou un peu plus tard, puisqu'il avait la certitude d'y échapper ?

Il se réjouissait de voir, au surplus, si Jeanne Rozier donnerait son signalement précis et si elle aiderait la police ! Quelque chose, en dépit de tout bon sens, lui disait que non.

Il était fatigué. Il avait envie de dormir pendant douze heures, pendant vingt-quatre, comme cela lui était déjà arrivé récemment.

S'il pénétrait seul dans un hôtel, on lui demanderait de remplir une fiche, on réclamerait peut-être ses papiers. Mais Jeanne ne lui avait-elle pas enseigné le truc ?

Il marcha, à grands pas, jusqu'à ce qu'il rencontrât enfin une fille qui s'obstinait, malgré l'heure. Il lui fit signe, la suivit. Une fois dans la chambre, il prit quand même la précaution de glisser son argent sous l'oreiller.

— T'es étranger ?

— Je n'en sais rien... J'ai sommeil !... Voilà cent francs... Laisse-moi tranquille...

Et, tout de suite en s'endormant, il rêva qu'il était redevenu Kees Popinga, que *maman* s'habillait sans bruit, se regardait dans la glace, faisait éclater un petit bouton d'acné, tandis que la servante, en bas, déclenchait des vacarmes dans sa cuisine. Seulement, la servante, c'était Rose. Elle lui disait un peu plus tard, tandis qu'il descendait et s'approchait furtivement d'elle par-derrière :

— Je rentrerai dans la cuisine quand vous n'y serez plus !

Quelle voix lui souffla :

— Attention ! La boîte marquée sel contient du sucre... C'est très mauvais dans l'oxtail...

Il se débattit pour reconnaître cette voix, et soudain la lumière se fit : c'était celle de Jeanne Rozier et il était en chaussettes, sans faux col, au milieu de la cuisine, alors que sa maison était pleine d'invités. Elle riait, lui lançait avec une affection moqueuse :

— Habillez-vous vite ! Vous ne comprenez pas qu'on va vous reconnaître ?...

CHAPITRE VII

Comment Kees Popinga installa son foyer ambulant et comment il jugea de son devoir de donner un coup de pouce aux enquêtes de la police française.

On part d'un détail quelconque, parfois mesquin, et on en arrive à découvrir sans le vouloir de grands principes.

Ce matin-là, en se regardant dans la glace — et c'était une chose que, depuis toujours, il faisait très sérieusement — Popinga s'avisa qu'il n'était pas rasé depuis son départ de Hollande, ce qui, encore qu'il n'eût pas le poil très abondant, ni très dru, ne lui donnait pas un air engageant.

Il se tourna vers le lit au bord duquel une femme, qu'il ne connaissait pas, était occupée à mettre ses bas.

— Quand tu seras prête, tu iras me chercher un rasoir mécanique, un savon à barbe, un blaireau et une brosse à dents...

Comme il lui avait donné l'argent d'avance, elle aurait pu ne pas revenir, mais elle était honnête et elle tint, au retour, à faire le compte exact de ce qu'elle avait dépensé. Puis, ne sachant pas si elle devait s'en aller, ou si elle devait rester, n'osant pas le demander, elle s'assit à nouveau au bord du lit et regarda Popinga se raser.

C'était dans une des rues qui donnent faubourg Montmartre, un hôtel beaucoup moins bien que celui de la rue Victor-Massé. En somme, il était exactement à cet hôtel-là ce que la femme assise sur le lit était à Jeanne Rozier, c'est-à-dire trois ou quatre classes en dessous.

Par contre, cette femme, dont Kees ne connaissait pas le nom, essayait vraiment de lui faire plaisir, s'ingéniait à découvrir ses goûts, comme elle le prouva en soupirant :

— Tu dois être un triste, toi, n'est-ce pas ? Je parie que tu as des peines de cœur…

Elle avait la voix convaincue, encore qu'hésitante, d'une cartomancienne.

— Pourquoi dis-tu ça ? questionna-t-il, une joue savonneuse.

— Parce que je commence à connaître les hommes… Quel âge me donnes-tu ?… Telle que tu me vois, j'ai trente-huit ans, mon petit ! Je sais bien qu'on ne le dirait pas. Alors, tu comprends que j'en ai vu souvent, des comme toi, qui vous emmènent et qui ne vous font rien. Par exemple, la plupart, à un moment donné, commencent à parler, à parler, à dévider toutes leurs histoires… C'est pratique, nous, pour ça !… On écoute tout et ça ne tire pas à conséquence…

C'était presque patriarcal : Kees, le torse nu et

gras, les bretelles sur les mollets ; la femme qui faisait gentiment son boniment en attendant qu'il fût prêt ! Le plus drôle, c'est que, s'il enregistra que, selon elle, il était triste — encore une personnalité nouvelle qu'on lui découvrait et qu'il ne devrait pas oublier d'inscrire ! — il finit par ne plus entendre ce qu'elle disait.

Le rasoir l'avait aiguillé sur un ordre de pensées différent. Un instant, il s'était demandé s'il n'allait pas acheter une mallette pour y enfermer quelques effets.

Car, dans un hôtel sérieux, s'il descendait sans bagages et seul, pour la nuit, il risquait d'attirer l'attention. Avec une mallette, il passerait pour un voyageur de commerce. Mais que ferait-il de ladite mallette pendant la journée ? La laisserait-il à la consigne d'une gare ? La déposerait-il dans un café ?

De toute façon, il était décidé à ne pas coucher deux fois au même endroit. Il avait remarqué que les gens qui se font prendre le doivent au fait que quelqu'un de leur entourage est soudain frappé par un détail équivoque.

« Pas de mallette ! » grommela-t-il en nettoyant le rasoir avec soin et en l'enveloppant dans un bout de journal.

Sans compter qu'il risquerait de devenir *l'homme à la mallette* et que ce simple objet suffirait à le dénoncer.

Sa supériorité sur les héros des histoires qu'il avait lues dans les journaux, voleurs, assassins, escrocs en fuite, c'est qu'il pensait à ces choses comme il pensait jadis aux affaires de la maison Julius de Coster en Zoon, avec sang-froid, avec un détachement absolu, comme si cela ne l'eût pas concerné.

En somme, il cherchait la solution pour la solution, et il demanda soudain à sa compagne :

— Ils font montrer les papiers, dans les hôtels comme celui-ci ?

— Jamais ! Parfois, ils demandent le nom pour l'inscrire sur la fiche. Puis, une fois tous les deux ou trois mois, la police arrive au beau milieu de la nuit et fait réveiller tout le monde. C'est surtout quand il y a un grand personnage étranger de passage, rapport aux attentats.

Kees enveloppa de même le blaireau, le savon, la brosse à dents, et casa tout cela dans ses poches, où il y avait déjà le carnet rouge et un crayon, ce qui constituait en somme son ménage.

C'était pratique ! Il pouvait aller où il voulait, coucher chaque jour dans un hôtel différent, voire dans un quartier différent de Paris. Il y avait bien cette fameuse rafle dont la fille lui parlait, mais il calculait que c'était à peine une chance sur cent à courir.

— Tu m'emmènes déjeuner ? demanda-t-elle.

— J'aime autant pas...

— Je n'insiste pas. Ce que j'en disais, c'était pour te faire plaisir. Alors, tu n'as plus besoin de moi ?

— Non !

Ils se quittèrent ainsi au bord du trottoir, dans une rue encombrée de charrettes des quatre-saisons.

Popinga n'avait plus sa montre, mais il vit au carrefour une horloge qui marquait midi et quart.

Le quartier lui plaisait assez, parce qu'il était grouillant à souhait, peuplé de gens de toutes les catégories, parsemé de bars pleins à craquer.

« Avec les trois mille francs qui me restent, calcula-t-il, j'en ai à peu près pour un mois et, d'ici là, j'aurai trouvé le moyen de me procurer de l'argent... »

Du coup, il devint avare, car cet argent, qu'il avait négligé jusqu'alors, prenait une valeur particulière, comme le rasoir dans sa poche, comme l'absence de mallette, comme chaque détail du plan de vie qu'il était en train de se tracer.

C'est ainsi qu'il stationna près d'une heure devant le plan de Paris, à une entrée de métro. Il avait, pour la topographie, une mémoire remarquable. Les quartiers, les artères principales, les boulevards prenaient place dans son esprit avec autant de précision que sur la carte et, quand il se remit en route, il était capable de se diriger dans Paris sans demander son chemin.

Il n'avait pas envie de déjeuner et, dans un bar, il but deux grands verres de lait avec des croissants, se retrouva sur les boulevards juste à temps pour acheter les journaux de l'après-midi, qui venaient de paraître.

Si, depuis le matin, il feignait de ne pas y penser, il était néanmoins préoccupé par le sort de Jeanne Rozier et il tourna avidement les pages, fut stupéfait, vexé, outré de ne pas trouver une ligne à ce sujet. On ne parlait pas davantage de lui, comme si on eût complètement oublié l'histoire de Paméla, mais, par contre, on s'étendait sur un drame encore obscur qui s'était produit dans l'express Paris-Bâle.

Evidemment, si Jeanne Rozier était morte, les journaux seraient déjà alertés. Donc...

A moins que... Qui sait si ce n'était pas un piège, si la police n'avait pas caché l'événement dans l'espoir qu'il ferait une démarche compromettante ? Si seulement il avait pu voir ce commissaire Lucas, ne fût-ce qu'à travers une vitre ! Il aurait pu s'en faire une idée. Il se serait rendu compte, tout au moins, du genre d'homme, et par conséquent des ruses qu'on en devait attendre...

Tant pis ! Il y avait une chose qu'il pouvait faire sans grands risques. Puisqu'il y avait un téléphone sur la table de nuit de Jeanne...

Il entra dans une brasserie, trouva le numéro à « Rozier », le demanda et entendit une voix qu'il ne connaissait pas, la voix, autant qu'il en pouvait juger, d'une femme d'un certain âge.

— Allô ! M{}^{lle} Rozier est-elle là, s'il vous plaît ?

— De la part de qui ?

— Dites que c'est de la part d'un ami...

Ainsi, il savait déjà qu'elle n'était pas morte ! Il y eut un silence, puis :

— Allô ! Voulez-vous faire la commission ? M{}^{lle} Rozier est souffrante et ne peut venir à l'appareil...

— C'est grave ?

— Pas très grave, non, mais...

Suffit ! Il raccrocha et retourna s'asseoir dans la grande salle de la brasserie où, un quart d'heure plus tard, il appelait le garçon et lui réclamait de quoi écrire.

Il était de méchante humeur. Il réfléchit longtemps à ce qu'il allait dire. Enfin, il traça, d'une écriture ferme, appliquée :

Monsieur le commissaire,

*Je crois devoir vous signaler qu'un nouvel événement s'est produit cette nuit, qui a son importance dans l'affaire Popinga. Peut-être pourriez-vous vous rendre au domicile de M*lle* Rozier, rue Fromentin, et lui demander dans quelles circonstances elle a été mise en l'état où vous la trouverez...*

Il hésita, se demanda s'il en révélerait devantage, puis continua avec une sourde satisfaction, en pensant à Goin et surtout à sa sœur :

D'autre part, je profite de cette occasion pour collaborer avec la police française, qui s'occupe assez de moi pour que je m'occupe d'elle à mon tour.

Il vous est possible, un jour très prochain, de mettre la main sur toute une bande de voleurs d'autos qui opère sur une grande échelle. C'est cette bande, entre autres, qui, la nuit de Noël, a volé trois voitures rien que dans le quartier de Montmartre.

Embusquez donc des hommes, la nuit, autour du garage Goin et Boret, à Juvisy. Ce n'est pas la peine d'y aller cette nuit ni la nuit prochaine, car il ne se passera rien, le chef de la bande étant à Marseille. Mais, les nuits suivantes, vous pouvez commencer la

*surveillance. Cela m'étonnerait si vous ne réussissiez
pas avant le 1er janvier.*

*J'ai l'honneur de vous adresser, monsieur le com-
missaire, l'expression de ma considération très distin-
guée.*

KEES POPINGA.

Il se relut avec satisfaction, colla l'enveloppe,
écrivit l'adresse et appela le garçon.

— Dites-moi ! Une lettre mise à la poste maintenant sera distribuée quand ?

— Dans Paris ? Demain matin... Mais vous pouvez l'envoyer par pneumatique et elle arrivera dans
moins de deux heures...

Il ne se passait pas d'heure qu'il n'apprît quelque
chose. Il envoya donc sa lettre par pneumatique et
s'éloigna du quartier où il se trouvait, car il avait
volontairement employé du papier à en-tête de la
brasserie.

Il était quatre heures. Il faisait assez froid et une
sorte de fin brouillard commençait à entourer les
becs de gaz. Tout en marchant, il rencontra la Seine
là où il comptait bien la rencontrer, c'est-à-dire à
hauteur du Pont-Neuf, qu'il franchit.

Il ne marchait pas au hasard. Il avait un but précis.
Maintenant qu'il s'était assez occupé de ses affaires,
il avait envie, pour se délasser, de faire une partie
d'échecs.

Or, où un étranger, débarquant à Groningue et n'y
connaissant personne, aurait-il eu des chances de
trouver un partenaire ? A un seul endroit, un grand

154

café situé près des facultés et fréquenté par les étudiants !

Pourquoi n'en serait-il pas ainsi à Paris ? Il se dirigeait donc vers le Quartier latin, puis vers la principale artère de celui-ci, le boulevard Saint-Michel. Il était certes un peu dérouté, parce que cela n'avait rien de commun avec la calme ville de Groningue, mais il ne se laissait pas rebuter.

Dans une dizaine de cafés qu'il observa à travers les vitres, on ne jouait à aucun jeu et on sentait que les gens qui venaient s'y asseoir ne restaient pas longtemps.

Par contre, en regardant de l'autre côté du boulevard, il aperçut, au premier étage d'une brasserie, des silhouettes qui se découpaient sur les rideaux et qui portaient des cannes de billard.

Il en fut très fier, comme s'il eût gagné une partie. L'instant d'après, il était d'autant plus fier qu'il pénétrait, au premier étage en question, dans une salle austère et enfumée où des lampes à abat-jour vert éclairaient une dizaine de billards et où en outre, à toutes les tables, on jouait au jacquet, aux cartes et aux échecs.

Avec autant de solennité qu'il le faisait à son cercle hollandais, il retira son lourd pardessus, le suspendit au portemanteau, alla se laver les mains au lavabo, se donna un coup de peigne, se nettoya les ongles, puis s'assit près de deux jeunes gens qui jouaient aux échecs ; enfin il commanda un demi brune et alluma un cigare.

Dommage qu'il eût décidé de ne pas se montrer

155

deux fois au même endroit, sinon ce café était l'endroit type où il aurait passé tous ses après-midi ! Pas une femme, ce qui était déjà pour lui faire plaisir ! Par contre, une majorité de jeunes gens, des étudiants, dont beaucoup avaient retiré leur veston pour jouer au billard.

Un des deux joueurs d'échecs était un Japonais à lunettes d'écaille, et l'autre un grand garçon blond, sanguin, dont toutes les impressions se marquaient sur le visage.

Kees, toujours comme à Groningue, tira de sa poche ses lunettes à monture d'or et les essuya avant de les poser sur ses yeux. Après quoi, des minutes et des minutes s'écoulèrent, pendant lesquelles il ne fit rien d'autre que de contempler l'échiquier, dont toutes les pièces prenaient place dans son esprit avec autant de précision que tout à l'heure les quartiers du plan de Paris.

Jusqu'à l'odeur, odeur mélangée de bière, de cigare et de sciure de bois, qui ressemblait à celle du cercle de Groningue ! Jusqu'à la manie du garçon, qui interrompait son service pour se camper derrière les joueurs et assister à un bout de partie d'un air réprobateur !

Dans les circonstances comme celle-là, Kees était capable de rester des heures immobiles, sans décroiser les jambes, au point que la cendre de son cigare atteignait trois ou quatre centimètres !

Ce n'est que tout à la fin, alors que le Japonais paraissait particulièrement malheureux et contemplait l'échiquier depuis plus de dix minutes sans se décider à jouer, qu'il laissa tomber sa cendre et prononça doucement :

— Vous gagnez en deux coups, n'est-ce pas ?

L'Asiatique tourna vers lui un regard étonné et n'en souffrit que davantage, étant donné qu'il se croyait bel et bien perdu. Son partenaire ne fut pas moins stupéfait, car il ne voyait nullement comment on pouvait le mettre échec et mat alors qu'il était sûr de gagner.

Il y eut un silence. Le Japonais tendit la main vers sa tour, la ramena à lui comme si la pièce eût été de fer rougi, regarda Popinga comme pour lui demander conseil, tandis que le blond soupirait, après avoir examiné une nouvelle fois le jeu :

— Par exemple, je ne vois pas comment...

— Vous permettez ?

Le Jaune fit signe que oui. L'autre attendit, sceptique.

— Je place le cheval ici... Qu'est-ce que vous faites ?

Sans se donner le temps de réfléchir, le jeune homme blond déclara :

— Je le prends avec ma tour.

— Fort bien ! J'avance donc ma dame de deux cases. Qu'est-ce que vous faites à présent ?

Cette fois, le jeune homme ne trouva rien à répondre, resta un moment désemparé, recula son roi d'une case.

— Et voilà ! J'avance encore ma dame d'une case et j'annonce échec et mat ! Ce n'était pas difficile, n'est-ce pas ?

Dans ces cas-là, il prenait un air modeste, mais son visage luisait de satisfaction. Les deux jeunes gens étaient tellement impressionnés qu'ils ne pensaient pas à entreprendre une nouvelle partie.

Le Japonais, pourtant, qui s'était efforcé de comprendre le coup, finit par murmurer :

— Vous voulez jouer ?

— Je vous donne ma place..., murmura l'autre.

— Mais non ! Si cela vous amuse, je jouerai contre vous deux en même temps... Vous prendrez chacun un échiquier...

On s'apercevait, quand il les caressait comme il le faisait maintenant, que ses mains étaient belles, grassouillettes, certes, mais blanches, bien dessinées, d'une pâte assez fine.

— Garçon ! Apportez encore un jeu d'échecs...

Le commissaire Lucas n'avait pas encore reçu le pneumatique, mais, quand les deux parties seraient finies, il l'aurait en main et sans doute se dirigerait-il en toute hâte vers la rue Fromentin.

Les jeunes gens étaient encore intimidés, surtout que Popinga, assis sur la banquette, en face d'eux, en face des deux échiquiers, se donnait le malin plaisir de suivre par surcroît des yeux une partie de billard.

Il jouait sans hésiter, sur les deux tableaux. Ses adversaires se donnaient le temps de réfléchir, surtout le Japonais, qui était décidé à gagner.

« Comment se procurer une liste de tous les cafés où l'on joue aux échecs ? » pensait cependant Popinga.

Il calculait qu'il devait y en avoir une quantité

158

considérable, car, en étudiant le plan de Paris, tout à l'heure, il avait fait une découverte. A Groningue, comme dans la plupart des villes, il y a un centre, un seul, autour duquel les maisons d'habitation se groupent à la façon de la pulpe d'un fruit autour du noyau.

Or, Kees avait constaté que s'il y a un, deux et même trois centres principaux à Paris, chaque quartier, en outre, possède son noyau à lui, ses cafés, ses cinémas, ses salles de danse et ses artères animées.

Donc, un habitant de Grenelle ne venait pas boulevard Saint-Michel pour jouer aux échecs, ni un habitant du Parc-Montsouris ! Donc, il lui suffisait de bien chercher et, dans chaque quartier...

— Je vous demande pardon..., dit-il avec une fausse confusion. Vous pouvez reprendre votre fou... Sinon, vous vous mettez vous-même échec à la dame...

C'était le jeune homme blond, qui rougit, balbutia :

— Pièce jouée...

— Mais non ! Je vous en prie...

Tandis que le Japonais louchait vers le jeu de son compagnon pour ne pas faire les mêmes fautes que lui.

— Vous êtes étudiants en quoi ?

— En médecine, dit le Japonais.

Quant au blond, il voulait devenir dentiste, ce qui lui allait assez bien.

Malgré sa tension nerveuse, le Japonais fut battu le

premier et, dès lors, l'autre s'enfiévra, mais ne tint que quelques minutes de plus.

— Qu'est-ce que je puis vous offrir ? crut-il devoir prononcer.

— Rien du tout ! C'est moi qui offre une tournée.

— Mais nous avons perdu.

Il tint néanmoins à leur offrir à boire et alluma un nouveau cigare, se renversa sur la banquette.

— Ce qu'il faut, n'est-ce pas, c'est avoir toutes les pièces dans la tête, ne pas oublier que le fou garde la dame, que la dame garde le cheval, que...

Il avait presque été sur le point d'ajouter :

— ... Que Louis, alerté par Jeanne Rozier, doit déjà avoir pris le train à Marseille... Qu'à l'heure qu'il est, le commissaire Lucas arrive rue Fromentin, où Jeanne se demande ce qui lui arrive... Que, à Juvisy, Goin ne doit pas oser téléphoner, par peur de se compromettre, et que Rose...

Il reprit :

— Et puis, bien observer les méthodes de l'adversaire et n'en avoir pas soi-même... Supposez que j'aie eu une méthode... J'aurais pu battre l'un de vous, mais l'autre se serait aperçu de ma tactique et m'aurait mis en mauvaise posture...

Il était content de lui-même ! Au point que, quand les jeunes gens partirent en le remerciant, il resta là, le cigare aux lèvres, les doigts dans les entournures du gilet, à suivre de loin une partie de billard, en résistant mal à l'envie d'aller s'en mêler.

Car il aurait pu faire, au billard, ce qu'il venait de réussir aux échecs, prendre la canne des mains d'un des joueurs et effectuer une bonne cinquantaine de points d'affilée.

Ce que ses partenaires n'avaient pas vu, pendant tout le temps qui s'était écoulé, c'est qu'en face de lui, de l'autre côté de la salle, il y avait des miroirs. L'éclairage n'étant pas violent, l'atmosphère se trouvant en outre ternie par la fumée des pipes et des cigarettes, c'était une image floue, assez mystérieuse de Popinga que la glace lui renvoyait et qu'il observait avec complaisance, en arrondissant les lèvres sur son cigare.

Une horloge à cadran d'émail glauque marquait six heures. Pour passer le temps, il tira son calepin et réfléchit longuement avant d'y écrire quelque chose.

Car il s'était avisé qu'il avait un grand nombre d'heures à passer chaque jour, même en dormant le maximum. Il ne pouvait pas errer plus de trois à quatre heures dans les rues, car c'était fatigant et, à la longue, écœurant. Il fallait s'organiser des distractions régulières comme celle-ci, les faire durer le plus possible, pour rester en forme, pour garder une pleine lucidité.

Il finit par noter :

Mardi 28 décembre. — Quitté Juvisy par la fenêtre. Deux femmes dans le train. Rue Fromentin, avec Jeanne qui n'a pas ri. Ai pris soin de l'étourdir légèrement. Suis persuadé que la reverrai.

Mercredi 29 décembre. — Dormi ensuite faubourg Montmartre avec femme dont ai oublié demander le nom. M'a pris pour un « triste ». Acheté nécessaire pour la toilette. Ecrit commissaire Lucas et joué échecs. Forme parfaite.

Cela suffisait. La preuve, c'est que cela lui remit si bien à l'esprit les heures qu'il venait de passer qu'il se souvint d'un détail : celui de la mallette. Il n'avait pas acheté de mallette pour ne pas devenir *l'homme à la mallette.* Ce qu'il fallait éviter, c'était d'avoir une caractéristique trop voyante. Or, tout en se regardant dans la glace, il s'avisait que son cigare faisait partie de son signalement. Les deux jeunes gens, par exemple, n'oublieraient pas qu'il fumait le cigare ! Le garçon de la brasserie où il avait écrit son pneumatique non plus ! Il regarda autour de lui et constata que, sur cinquante consommateurs, au moins, ils n'étaient que deux à fumer le cigare !

Jeanne Rozier le savait ! Goin le savait ! Le maître d'hôtel du *Picratt's* le savait ! La femme qui l'avait quitté à midi l'avait remarqué.

Donc, s'il ne voulait pas devenir *l'homme au cigare,* il devait fumer autre chose, la pipe ou la cigarette, et il ne s'y résigna qu'avec peine, car cela faisait presque partie de lui-même.

Sa décision prise, il l'exécuta séance tenante, écrasa ce qui restait de son cigare et bourra la pipe ridicule qu'il avait achetée à Juvisy.

A cette heure, le commissaire Lucas était sûrement rue Fromentin, à faire son enquête, à interroger la concierge et, probablement, les deux locataires qui l'avaient rencontré dans le couloir. Il y aurait eu une chose amusante à faire : lui téléphoner, lui dire :

— *Commissaire Lucas? Ici, Kees Popinga! Que pensez-vous du tuyau que je vous ai donné? Vous voyez que je vous rends des points et que je suis beau joueur...*

Mais c'était dangereux! Il soupçonnait que les communications téléphoniques pouvaient être contrôlées, ce qui ne l'empêcha pas de s'amuser à sa manière. Il y avait une cabine dans un coin de la salle. Il prit des jetons, téléphona à trois journaux, qui avaient publié les plus longs articles sur lui. Il appela même, à la rédaction du dernier, le rédacteur qui avait signer son papier.

— Allô!... Kees Popinga s'est livré cette nuit, à Paris, à un nouvel attentat... Vous pouvez vous en assurer en vous rendant au 13, rue Fromentin... Oui... Vous dites?

A l'autre bout du fil, une voix répétait :

— Qui est à l'appareil?... C'est vous, Marchandeau?...

On devait le prendre pour un informateur habituel du journal!

— Mais non, ce n'est pas Marchandeau! C'est Popinga qui parle! Bonsoir, monsieur Saladin. Essayez de ne plus écrire de bêtises, ni surtout que je suis fou...

Il prit son chapeau, son pardessus, descendit l'escalier et se dirigea, toujours à pied, vers un quartier qu'il avait repéré pour la nuit, le quartier de la Bastille.

C'était le seul moyen : changer, non seulement de restaurant et d'hôtel, mais changer de classe. Il aurait juré que, parce qu'il avait fréquenté par deux fois des hôtels d'un rang déterminé, on le chercherait toujours dans des hôtels de ce rang-là. Il aurait même juré que cette nuit, à Montmartre, le commissaire Lucas fouillerait la plupart des établissements de ce genre.

Comme les deux jeunes gens, aux échecs, qui attendaient toujours le coup qu'il leur avait fait une fois !

Or, il était décidé, à la Bastille, de dîner dans un prix fixe à quatre ou cinq francs et de coucher dans un hôtel à dix francs !

Par exemple, il n'avait pas encore décidé s'il coucherait seul ou si, comme il l'avait déjà fait deux fois, il emmènerait avec lui une compagne.

Il y pensait, chemin faisant, cependant qu'il remontait la rue Saint-Antoine. Il se rendait compte que c'était aussi dangereux, sinon plus, que la mallette ou le cigare. Il imaginait les notes de police disant :

A l'habitude de passer la nuit dans un hôtel meublé avec une compagne de rencontre...

Et la police surveillerait tous les endroits où les femmes ont l'habitude de faire le racolage !

« C'est imprudent ! » décida-t-il.

Comme, d'ailleurs, il serait imprudent de jouer

chaque jour aux échecs dans un endroit différent, car cela finirait aussi par faire ajouter au signalement :

Passe ses après-midi à jouer aux échecs dans les brasseries de Paris et de la périphérie...

C'est ainsi, du moins, que lui, à la place du commissaire Lucas, aurait rédigé sa fiche, en n'oubliant pas de signaler qu'il avait dans sa poche son rasoir mécanique, son blaireau, son savon à barbe et sa brosse à dents !

A supposer qu'une note de ce genre paraisse dans tous les journaux de Paris...

Il marchait dans la foule, le long des vitrines éclairées, et il était forcé de sourire en imaginant les conséquences d'une telle note.

D'abord, dans tous les cafés où on joue aux échecs, les clients se regarderaient avec un air soupçonneux et peut-être même, pendant la partie, le garçon fouillerait-il les pardessus, surtout les pardessus gris, pour s'assurer qu'ils ne contenaient ni rasoir, ni blaireau !

Quant aux femmes... Elles verraient des Popinga dans la personne de tous leurs clients et Kees était persuadé qu'il y aurait des masses de dénonciations...

« Il ne faut pas... », se répétait-il.

Et pourtant, déjà, il était tenté de devenir le personnage qu'il venait de dessiner. Il repoussait cette tentation, s'efforçait de garder son sang-froid et, pour se changer les idées, il décida qu'après son dîner il irait dans un cinéma.

Il mangea dans un prix fixe à cinq francs, mais il en eut quand même pour onze francs, car il ne put se refuser des suppléments. On était servi par des femmes en tablier blanc et il se demanda vraiment ce que celle qui le servait pouvait penser de lui. Par curiosité, il lui donna cinq francs de pourboire.

N'allait-elle pas être étonnée, l'examiner avec attention, établir un rapprochement entre cet homme en gris, à l'accent étranger, et le satyre dont les journaux avaient parlé ?

Pas du tout ! Elle enfouit la monnaie dans sa poche et continua son travail, comme s'il lui eût donné cinquante centimes ou deux francs !

Le cinéma était en face : cinéma *Saint-Paul.* Il prit une loge, car il ne détestait pas être en vue. Et ici, l'ouvreuse était habillée en rouge, à peu près comme le groom de l'hôtel *Carlton,* à Amsterdam.

Il fit l'expérience contraire. Il ne lui donna pas de pourboire du tout et elle se contenta de s'éloigner en grommelant quelque chose, sans plus s'occuper de lui.

C'était le jour ! A croire qu'on le laissait tomber ! A croire qu'on faisait autour de sa personne la conspiration du silence !

Jeanne Rozier n'avait pas alerté la police ! Les journaux ne parlaient plus de l'enquête ! Goin faisait le mort ! Louis était à Marseille et la femme du matin s'était contentée de décréter qu'il était un triste comme elle en voyait souvent !

A Groningue, il n'allait jamais au cinéma, parce que *maman* considérait que c'était un divertissement vulgaire et que, d'ailleurs, chaque hiver, on prenait un abonnement pour les concerts du jeudi, ce qui constituait une distraction suffisante.

Au cinéma *Saint-Paul,* Popinga puisa dans l'atmosphère une certaine fièvre. Il ne connaissait pas encore ce genre de salles populaires où s'entassaient plus de mille personnes, serrées les unes contre les autres, mangeant des oranges et des bonbons acidulés.

Derrière lui, s'étageait toute une galerie et, quand il se retournait, il voyait des centaines de visages éclairés par la réverbération de l'écran, ce qui l'impressionnait.

A supposer que quelqu'un criât soudain :

— C'est lui !... C'est le fou d'Amsterdam !... C'est l'homme qui...

Dans les loges voisines, par contre, de grosses femmes en manteau de fourrure, des jeunes femmes aux mains roses et boudinées, des messieurs épais, tout le gros commerce du quartier.

A l'entracte, il eut comme un vertige et n'osa pas se mêler à cette foule qui coulait vers le bar et vers les urinoirs. Il regarda les films publicitaires et la vue d'un mobilier lui rappela l'achat de celui de Groningue, alors que *maman* faisait venir des catalogues de tous les magasins de Hollande.

Qu'est-ce qu'elle faisait, *maman,* à cette heure ? Qu'est-ce qu'elle pensait ? Elle seule avait parlé d'amnésie, sans doute parce qu'on avait lu, dans le *Telegraaf,* un roman de guerre où un soldat allemand, commotionné, oubliait jusqu'à son nom et revenait dix ans plus tard à son foyer pour retrouver sa femme remariée et ses enfants qui ne le reconnaissaient plus.

Et Julius de Coster ? Tout en buvant, au *Petit Saint Georges,* il avait raconté beaucoup de choses, mais il avait été assez malin, en dépit de son ivresse, pour ne pas dire où il allait. Tel que Popinga le connaissait, il ne devait pas être à Paris, mais plutôt à Londres où il se trouvait mieux chez lui. Il s'était sans doute réservé un magot, là-bas, avec lequel, sous un nom quelconque, il monterait une autre affaire et gagnerait du nouvel argent !

Tandis que la foule reprenait sa place, l'obscurité se faisait, une lumière mauve envahissait l'écran et un orchestre jouait quelque chose de très langoureux, de très tendre, qui émut Popinga. Avec le reste de la salle, il applaudit de toutes ses forces, mais par contre, il n'aima pas le grand film, une histoire d'avocat et de secret professionnel.

A côté de lui, la grosse dame la mieux habillée des loges, dont le manteau était en vison, répétait sans cesse à son mari :

— Pourquoi ne dit-il pas la vérité ?... C'est un imbécile !...

Puis ce fut la sortie, le lent piétinement vers le trou noir et froid de la rue où les boutiques étaient fermées et où des autos démarraient.

Popinga avait repéré un hôtel, au coin de la rue de Birague, un hôtel qui, d'après son aspect, devait être très bon marché et très inconfortable.

La preuve que c'était le genre qu'il cherchait, c'est

qu'à moins de cinquante mètres, une silhouette de femme était embusquée dans l'ombre.

L'emmener ? Ne pas l'emmener ? Evidemment, il avait décidé que...

Mais cela n'avait pas encore d'importance. La police ne pouvait pas déjà savoir.

La vérité, c'est qu'il n'aimait pas être seul, la nuit, ni surtout le matin quand il se réveillait. Il en était réduit alors à se regarder dans la glace et à prendre diverses expressions de physionomie en se demandant :

— Si j'avais eu une bouche comme ceci... Ou un nez comme cela...

Allons ! Une fois encore ! Rien qu'une ! Ne fût-ce que pour savoir quel genre de femmes on pouvait trouver dans cette obscure rue de Birague ! Il passa, les mains dans les poches, l'air indifférent et, au moment précis où il s'y attendait, une voix timide balbutia :

— Tu viens ?...

Il fit mine d'hésiter, se retourna, vit, à la lueur du bec de gaz, un visage jeune et pâle, tout en longueur, un manteau pas assez chaud, des cheveux mal peignées qui sortaient d'un béret.

— Ça va ! décida-t-il.

Et il suivit. Il savait maintenant comment cela se pratiquait. On passa devant un bureau où une grosse femme placide se faisait une réussite.

— Au 7 !... décida-t-elle.

Tiens, Encore le 7 !

Il n'y avait pas de cabinet de toilette, mais un

rideau devant la cuvette de faïence. Popinga, sans regarder sa compagne, rangeait déjà son savon, son rasoir, son blaireau.

— Tu restes toute la nuit.

— Mais oui !

— Ah !

Ça ne paraissait pas la réjouir, mais tant pis !

— Tu n'es pas du quartier ?

— Pas du tout !

— T'es étranger ?

— Et toi ?

— Moi, je suis Bretonne, dit-elle en retirant son béret. Tu seras gentil, au moins ? T'étais au cinéma, je t'ai vu sortir...

Elle parlait pour parler, peut-être pour lui faire plaisir et, en effet, cela meublait la pièce, tandis qu'il procédait méticuleusement à sa toilette, s'assurait que le lit était à peu près propre et s'étendait avec un soupir d'aise.

Quelqu'un qu'il aurait été curieux de voir aussi, c'était la femme du commissaire Lucas. Qu'est-ce qu'*il* pouvait lui dire de lui, en se mettant au lit ? Car il fallait bien qu'à un moment donné, il se mette au lit, comme tout le monde !

— Je laisse la lumière ?

Elle était si maigre qu'il préféra regarder ailleurs.

CHAPITRE VIII

*De la difficulté de se débarrasser des vieux journaux et
de l'utilité d'un stylographe et d'une montre.*

Il n'y eut presque rien à écrire dans le carnet
rouge, ce matin-là :

*S'appelle réellement Zulma. Donné vingt francs et
n'a pas osé protester. A soupiré pendant que je
m'habillais :*
*— Je parie que tu aimes mieux les grasses. Si tu
l'avais dit, j'aurais amené ma copine !*
Pieds sales.

Il nota aussi la nécessité d'acheter une montre, car
si dehors il profitait des horloges publiques et de
celles des cafés, il était embarrassé, le matin, faute de
savoir l'heure.

Ainsi s'étonnait-il de se trouver dehors à huit
heures, trompé qu'il avait été par l'activité bruyante
d'un quartier matinal.

Pendant que Zulma s'éloignait avec son manteau

verdâtre, trop large des épaules, Popinga s'approchait d'un kiosque à journaux et recevait au cœur un
léger choc.

Dans toutes les feuilles, enfin, on parlait de lui, sur
deux, sur trois colonnes, en première page ! Si on ne
publiait pas sa photographie, faute d'en avoir une
autre que celle déjà parue, on publiait celle de
Jeanne Rozier et de sa chambre.

Il dut se contenir pour ne pas acheter tous les
journaux du matin à la fois et pour ne pas se
précipiter dans un café pour les lire.

C'était difficile de garder son sang-froid, alors qu'il
y avait des colonnes et des colonnes où l'on parlait de
lui, où l'on donnait sur lui des opinions sans doute
différentes. Des gens passaient, prenaient un journal, un seul, se précipitaient vers la bouche du métro.

Lui choisit d'abord trois quotidiens, les trois plus
importants, et alla s'asseoir dans un bar de la place de
la Bastille. Personne ne soupçonna quelles tempêtes
intérieures le secouaient, tandis qu'il buvait un café-
crème et lisait, relisait, tantôt ravi, tantôt ulcéré,
toujours en proie à la même fièvre.

Comment allait-il s'y prendre du point de vue
pratique ? Il était décidé à conserver ces articles et,
d'autre part, il ne pouvait se promener avec des
douzaines de journaux dans les poches.

Il réfléchit, finit par descendre dans les lavabos,
où, avec son canif, il découpa tout ce qui le concernait. Restait à se débarrasser des feuilles ainsi
mutilées et il crut que la solution était de les jeter
dans les cabinets, ce qui lui valut une demi-heure de

travail, car cette masse de papier ne passait pas. Il dut tirer maintes fois la chasse d'eau, attendre chaque fois que le réservoir soit rempli, si bien que, quand il remonta dans le bar, on crut qu'il avait été malade.

Donc, il fallait changer de tactique et c'est ce qu'il fit pour la vingtaine d'autres quotidiens qu'il acheta au cours de la journée, toujours par groupes de trois, afin de ne pas attirer l'attention.

Il lut les trois premiers dans un bistrot situé au coin du boulevard Henri-IV et des quais, puis jeta dans la Seine les feuilles découpées.

Pour les journaux suivants, il gagna un autre café, quai d'Austerlitz et il suivit ainsi le fleuve, étape par étape, pour en arriver tout au bout du quai de Bercy.

Comme il n'y avait pas d'établissement confortable dans ces parages, il revint, pour l'après-midi, dans les environs de la gare de Lyon, où il trouva le genre de brasserie qu'il aimait et à deux heures, dans un coin abrité par le poêle, il se mettait au travail après avoir acheté un stylographe, car le sien était resté à Groningue.

S'il avait fait les frais d'une montre et d'un stylo — quatre-vingts francs pour la montre et trente-deux francs pour le stylo — c'est qu'il devait travailler sérieusement et l'expérience lui avait démontré qu'on ne peut écrire avec les plumes mises à la disposition des clients dans les cafés.

Il se contenta de demander du papier. Puis il commença d'une petite écriture régulière, car il savait qu'il en avait pour longtemps et il ne voulait pas se fatiguer le poignet · ·

Monsieur le rédacteur en chef,

Cette lettre-là était adressée au principal journal de Paris, celui qui lui avait consacré trois colonnes presque entières et dont l'envoyé spécial était resté deux jours en Hollande. Si Kees le choisissait, c'était non seulement pour sa diffusion, mais parce qu'il était le seul à avoir publié un titre intelligent.

L'assassin de Paméla se joue de la police en l'avertissant d'un nouveau méfait qu'elle aurait toujours ignoré.

Il avait du temps devant lui. Il pouvait chercher ses phrases. Le poêle ronflait comme celui de Groningue et les tables étaient garnies de clients paisibles qui attendaient l'heure du train.

Monsieur le rédacteur en chef,

Je vous demande tout d'abord d'excuser mon français, mais pendant les dernières années, en Hollande, je n'ai pas eu beaucoup la pratique.

Supposez que, dans tous les journaux, des gens qui ne vous connaissent pas écrivent que vous êtes comme ci et comme ça, alors que ce n'est pas la réalité et que vous êtes autrement ? Je suis sûr que cela vous ferait déplaisir et que vous auriez le désir de dire la vérité.

Votre rédacteur est allé à Groningue et a questionné les gens, mais les gens ne pouvaient pas savoir, ou alors ils ont menti exprès, ou encore ils ont menti sans le faire exprès.

Je veux rectifier et je commence par le commencement, car j'espère que vous publierez ce document qui, lui, est véridique et qui montrera comme on peut être victime de ce que disent les autres.

D'abord, l'article parle de ma famille. Il en parle d'après ma femme, qui a déclaré à votre reporter :

« Je ne peux pas comprendre ce qui est arrivé et rien ne le faisait prévoir. Kees était d'une excellente famille ; il a reçu une très bonne éducation supérieure. Quand il m'a épousée, c'était un jeune homme calme et réfléchi qui ne rêvait que de fonder un foyer. Depuis lors et pendant seize ans, il a été un bon époux, un bon père. Il avait une santé magnifique, mais je dois dire que, le mois dernier, un soir de verglas, il est tombé sur la tête. Est-ce que ce n'est pas cela qui a provoqué des troubles du cerveau et de l'amnésie ? Certainement, il n'a pas fait ce qu'il a fait en connaissance de cause et il est irresponsable... »

Kees commanda un second café et faillit demander un cigare, mais il se souvint de sa décision et, avec un soupir, bourra une pipe, relut ces quelques lignes et commença à les réfuter.

Voici, Monsieur le rédacteur en chef, ce que j'ai à dire à ce sujet :

175

1° *Je ne suis pas d'excellente famille. Mais vous comprendrez que ma femme, dont le père était bourg-mestre, tienne à raconter ces choses aux journalistes. Ma mère était sage-femme et mon père architecte. Seulement, c'était ma mère qui faisait vivre le ménage. Mon père, en effet, quand il allait voir des clients, restait à bavarder, à boire avec eux, trop gai et trop liant qu'il était de nature. Après, il oubliait de faire un prix, ou bien il oubliait un détail des travaux à entreprendre, si bien qu'il avait toujours des ennuis.*

Il ne se décourageait pas pour cela. Il soupirait :

— Je suis trop bon !

Mais ma mère ne l'entendait pas ainsi et je n'ai pas connu un jour sans qu'il y eût des scènes de ménage à la maison ; elles étaient particulièrement violentes quand mon père avait bu plus que de coutume et ma mère nous criait, à ma sœur et à moi :

— Regardez cet homme et essayez de ne jamais lui ressembler ! Il me mettra au tombeau !

2° *Vous voyez, monsieur le rédacteur en chef, que ma femme n'a pas dit la vérité. Non plus pour la bonne éducation car, si je suis allé à l'Ecole de navigation, je n'avais pas d'argent en poche et je ne pouvais jamais m'amuser avec mes camarades, si bien que je suis devenu aigri et sournois.*

A la fin, c'était la misère qui régnait à la maison, mais on ne le laissait voir à personne. Par exemple, même les jours où nous ne mangions que du pain pour dîner, ma mère mettait deux ou trois casseroles sur le feu, pour le cas où quelqu'un serait entré. Ainsi pouvait-elle faire croire qu'elle préparait un repas magnifique!

J'ai connu ma femme juste quand j'ai eu fini mes études. Elle prétend maintenant, parce que c'est plus convenable ainsi, que nous avons fait un mariage d'amour.

Ce n'est pas vrai. Ma femme habitait un petit village où son père était bourgmestre et elle voulait vivre dans une grande ville comme Groningue.

Moi, j'étais flatté d'épouser la fille d'un homme riche et considéré et, en outre, une personne qui avait été jusqu'à dix-huit ans en pension.

Sans elle, j'aurais navigué. Mais elle a déclaré :

— Je n'épouserai jamais un marin, car ce sont des gens qui boivent et qui voient des femmes!

Il tira, pour le relire, l'article de sa poche, encore qu'il le sût presque par cœur.

3° Il paraît, toujours d'après Mme Popinga, que pendant seize ans j'ai été un bon époux et un bon père. Ce n'est pas plus vrai que le reste. Si je n'ai jamais trompé ma femme, c'est qu'à Groningue on ne peut le faire sans que cela se sache et que Mme Popinga m'aurait rendu la vie impossible.

Elle n'aurait pas crié, comme ma mère. Elle aurait fait ce qu'elle faisait quand, d'aventure, j'achetais quelque chose qu'elle n'aimait pas, ou que je fumais un cigare de trop. Elle disait :

— C'est bien!

Puis elle restait des deux et des trois jours sans me parler, à errer dans la maison avec l'air d'être la plus malheureuse des femmes. Si les enfants s'étonnaient, elle soupirait :

— Votre père me fait souffrir... Il ne me comprend pas !

Comme je suis plutôt gai, j'ai préféré éviter ces scènes et j'y suis parvenu, à condition, pendant seize ans, de me contenter d'une soirée par semaine consacrée aux échecs et d'un billard de temps en temps.

Chez ma mère, je rêvais d'avoir de l'argent, comme les autres, pour m'amuser en ville avec les camarades ; je rêvais aussi d'être bien habillé, au lieu de porter des vêtements taillés dans les vieux habits de mon père.

Chez moi, ou plutôt chez ma femme, j'ai envié pendant seize ans les gens qui sortent le soir sans dire où ils vont, ceux qu'on voit passer au bras d'une jolie femme, ceux qui prennent des trains et qui s'en vont ailleurs...

Quant à être bon père, je ne crois pas. Je n'ai jamais détesté mes enfants. Lorsqu'ils sont nés, j'ai dit qu'ils étaient beaux, pour faire plaisir à maman, mais je les trouvais affreux et je n'ai pas beaucoup changé d'avis depuis.

On prétend que ma fille est intelligente parce qu'elle ne parle jamais, mais je sais que c'est parce qu'elle n'a rien à dire. En plus, elle est prétentieuse, très fière de montrer à ses amies qu'elle habite une belle maison. J'ai entendu une fois cette conversation :

— Qu'est-ce qu'il fait, ton père ?

— *Il est directeur de la maison de Coster et associé...*

Ce qui est faux! Vous comprenez? Quant au gamin, il n'a aucun des défauts de son âge, ce qui m'incline à penser qu'il ne fera rien de bon dans la vie.

Si c'est parce que je leur invente des jeux qu'on dit que je suis un bon père, on se trompe, car je les invente pour moi, lorsque, le soir, je m'ennuie. Je me suis toujours ennuyé. J'ai fait construire une villa, non parce que j'avais envie de vivre dans une villa, mais parce que, quand j'étais jeune, j'enviais les camarades qui habitaient une villa.

J'ai acheté le même poêle que j'avais vu chez le plus riche de mes amis. Puis le même bureau que chez...

Mais ceci nous entraînerait trop loin. Je n'ai jamais été un garçon de bonne famille, ni bien élevé, ni un bon époux, ni un bon père, et si ma femme le prétend, c'est pour se persuader qu'elle a été, elle, une bonne épouse, une bonne mère et toute la lyre.

Il n'était que trois heures. Il avait le temps de réfléchir et il le fit en regardant mollement la tiède atmophère du café qui devenait plus dense à mesure que le jour baissait.

Je lis encore, dans l'article de votre journal, que Basinger, mon comptable de chez Coster, a déclaré :
« M. Popinga était tellement attaché à la maison, qu'il considérait un peu comme la sienne, que l'an-

nonce de la faillite a pu lui porter un coup terrible et même déranger son cerveau. »

Je vous assure, monsieur le rédacteur en chef, que ce sont des choses qui font mal à lire. Supposez qu'on vous dise que, pendant tout le reste de votre vie, vous ne mangerez plus que du pain noir et du saucisson. Est-ce que vous n'allez pas essayer de vous persuader que le pain noir et le saucisson sont d'excellentes choses ?

Je me suis persuadé pendant seize ans que la maison de Coster était la plus solide et la plus sérieuse de Hollande.

Puis, un soir, au Petit Saint Georges (vous ne pouvez pas comprendre, mais cela ne fait rien), j'ai appris que Julius de Coster était une fripouille, et encore bien d'autres vérités de ce genre.

J'ai eu tort d'écrire fripouille. En somme, Julius de Coster avait toujours fait, sans le crier sur les toits, ce que j'avais eu envie de faire. Il avait eu une maîtresse, cette Paméla qui...

Je vais y arriver... Dites-vous seulement que, pour la première fois de ma vie, je me suis demandé, en me regardant dans la glace :

— Quelle raison y a-t-il pour que tu continues à vivre de la sorte ?

Oui, laquelle ? Et peut-être que vous allez vous poser la même question, peut-être que beaucoup de vos lecteurs vont se la poser. Quelle raison ? Aucune ! Voilà ce que j'ai découvert en réfléchissant simplement, froidement, à des choses qu'on n'envisage jamais que d'un mauvais point de vue.

En somme, j'étais resté fondé de pouvoir par habitude, mari de ma femme et père de mes enfants par habitude, parce que je ne sais qui a décidé que c'était comme ça et pas autrement.

Et si je voulais faire autrement, moi ?

Vous ne pouvez pas vous imaginer à quel point, quand on a pris cette décision-là, tout devient simple. On n'a plus à s'occuper de ce que pense Untel ou Untel, de ce qui est permis ou défendu, convenable ou non, correct ou incorrect.

Ainsi, à la maison, quand je partais seulement pour la ville voisine, il fallait préparer des bagages, téléphoner pour retenir une chambre à l'hôtel...

Moi, je suis allé tranquillement à la gare et j'ai pris un billet pour Amsterdam, un billet pour toujours !

Puis, comme Julius de Coster m'avait parlé de Paméla et que, pendant deux ans, j'avais regardé celle-ci comme la femme la plus désirable de la terre, je suis allé la voir.

N'est-ce pas tout simple ? Elle m'a demandé ce que je voulais. Je lui ai dit, comme je vous écris, sans phrases et, au lieu de trouver cela naturel, elle a éclaté d'un rire idiot et insultant.

Je vous le demande, qu'est-ce que ça pouvait lui faire, puisque c'était son métier ? Moi, du moment que j'avais décidé d'avoir Paméla, j'ai tenu à l'avoir. J'ai appris le lendemain que j'avais serré la serviette un peu fort. Il faudrait savoir d'ailleurs si Paméla n'avait pas une maladie de cœur, car elle a renoncé à la vie avec une facilité déconcertante.

Donc, ici encore, votre rédacteur s'est trompé sur

181

toute la ligne. Que raconte-t-il ? Que je me suis enfui de Groningue comme un fou ! Que les voyageurs ont remarqué mon agitation ! Que le steward du bateau a bien vu que je n'étais pas dans mon état normal !...

Mais personne ne comprend donc que c'est « avant » que je n'étais pas dans mon état normal ? « Avant », si j'avais soif, je n'osais pas le dire, ni entrer dans un café. Si j'avais faim, chez les gens, et qu'on m'offrait à manger, je murmurais par politesse :

— Non, merci !

Si j'étais dans le train, je me croyais obligé de faire semblant de lire ou de regarder le paysage et je gardais mes gants, parce que c'est plus convenable, même s'ils me serraient les doigts.

Votre rédacteur écrit encore :

« Ici, le criminel a commis une faute qui devait entraîner toutes les autres : il a oublié, dans son affolement, sa serviette dans la chambre de la victime. »

Ce n'est pas vrai ! Je n'ai pas commis de faute ! Je n'étais pas affolé ! Cette serviette, je l'avais emportée par habitude et je n'en avais pas besoin. Autant la laisser là qu'ailleurs ! En apprenant que Paméla était morte, j'aurais de toute façon écrit à la police que c'était moi qui en étais la cause.

La preuve c'est que, pas plus tard qu'hier, c'est encore moi qui ai envoyé au commissaire Lucas un pneumatique pour lui dire que j'avais commis un nouvel attentat sur la personne de Jeanne Rozier.

Le titre que vous avez imprimé est évidemment flatteur. Il prétend que j'ai voulu narguer la police

182

française et ce n'est pas cela non plus. Je ne veux narguer personne. De même ne suis-je pas un maniaque et n'est-ce pas par vice que j'ai attaqué Jeanne Rozier.

C'est difficile à vous faire comprendre ce qui s'est passé, encore que cela ressemble à l'histoire de Paméla. Deux jours durant, j'ai eu Jeanne Rozier à ma disposition et c'est moi qui n'ai pas été tenté.

Puis, une fois seul, j'ai pensé à elle et je me suis aperçu qu'elle m'intéressait. Je suis allé le lui dire. Et c'est elle, sans raison, qui s'est alors refusée.

Pourquoi ? Et pourquoi ne me serais-je pas servi de ma force ? Je l'ai fait, avec précaution, car c'est une charmante personne et je n'aurais pas voulu qu'il lui arrivât malheur. Pas plus qu'à Paméla ! Paméla a été un accident. J'étais novice !

Commencez-vous à comprendre que je sois outré des articles qui ont été publiés aujourd'hui ? je n'écrirais pas à tous les journaux, parce que ce serait trop de travail, mais j'ai tenu à faire cette mise au point.

Donc, je ne suis ni fou, ni maniaque ! Seulement, à quarante ans, j'ai décidé de vivre comme il me plaît, sans me soucier des coutumes, ni des lois, car j'ai découvert un peu tard que personne ne les observe et que, jusqu'ici, j'ai été berné.

Je ne sais pas ce que je ferai, ni s'il y aura d'autres événements dont la police aura à s'occuper. Cela dépendra de mes désirs.

En dépit de ce que l'on peut croire, je suis un homme paisible. Si demain je rencontrais une femme qui en *vaille la peine, je serais capable de l'épouser et on n'entendrait plus parler de moi.*

Mais si, par contre, on me poussait à bout et que cela m'amusât de lutter à mort, je pense que rien ne m'arrêterait.

Pendant quarante ans, je me suis ennuyé. Pendant quarante ans, j'ai regardé la vie à la façon du petit pauvre qui a le nez collé à la vitrine d'une pâtisserie et qui regarde les autres manger les gâteaux.

Maintenant, je sais que les gâteaux sont à ceux qui se donnent la peine de les prendre.

Continuez à imprimer que je suis fou si cela vous fait plaisir. Vous prouverez ainsi, monsieur le rédacteur en chef, que c'est vous qui l'êtes, comme je l'étais avant le Petit Saint Georges.

Je ne me réclame pas, pour l'insertion de cette lettre, le droit de réponse, car cela ferait sans doute sourire. Et pourtant ceux qui souriraient seraient des imbéciles. Qui, en effet, sinon un homme qui joue sa peau, pourrait se réclamer pertinemment du droit de rectifier les erreurs qui s'impriment sur son compte ?

Je me dis, en attendant de me lire dans vos colonnes, votre très dévoué (ce n'est pas vrai, mais c'est une formule),

KEES POPINGA.

Il ressentait de la lassitude dans le poignet, mais depuis longtemps il n'avait pas passé des moments aussi agréables. Au point qu'il ne se résignait pas à en finir avec cette correspondance. Les lampes s'étaient allumées. L'horloge de la gare, en face, marquait quatre heures et demie. Et le garçon trouvait tout naturel de voir un client tuer le temps en faisant son courrier.

Monsieur le rédacteur en chef,

Cette fois, il s'adressait à un journal qui imprimait en caractères gras : *Le fou de Hollande.* Et il ripostait :

Votre rédacteur se croit sans doute très spirituel et doit avoir davantage l'habitude d'écrire des slogans pour la publicité que des reportages sérieux.

D'abord, je ne vois pas ce que la Hollande vient faire dans cette histoire, étant donné que j'ai lu maintes fois dans les journaux des histoires plus horrifiques dont les héros étaient d'excellents Français.

Ensuite, il est commode de traiter de fous les gens qu'on n'est pas capable de comprendre.

Si c'est ainsi que vous avez l'habitude de renseigner vos lecteurs, il m'est difficile de vous envoyer des félicitations.

KEES POPINGA.

Et de deux !

Un instant, il pensa retourner boulevard Saint-Michel, où il trouverait un partenaire pour une partie d'échecs. Mais il avait décidé la veille de ne pas se montrer deux fois dans le même endroit et il voulait être fidèle à lui-même. D'ailleurs, un vendeur de journaux colportait de table en table les feuilles du soir et il les acheta, se mit à les lire.

L'arrestation de Kees Popinga, le satyre d'Amsterdam, ne peut plus être, de l'avis unanime, qu'une question d'heures. Il lui est impossible, en effet, de traverser les mailles du filet que l'actif commissaire Lucas, de la Police judiciaire, a tendu autour de lui.

Nous nous excusons de ne pas en dire davantage, mais on comprendra nos scrupules en pensant que ce serait jouer le jeu du criminel que révéler les mesures qui ont été prises.

Qu'on sache seulement que, d'après Jeanne Rozier, dont l'état est aussi satisfaisant que possible, le Hollandais ne possède qu'une somme d'argent insuffisante pour tenir le coup longtemps.

Qu'on sache aussi qu'il est aisément reconnaissable à certaines manies dont il est incapable de se départir — et nous aurons dit tout ce qu'il nous est permis de dire.

Une seule chose est à craindre : que Popinga, se sentant traqué, se livre à un nouvel attentat. Des précautions sont prises en ce sens.

Ainsi que le commissaire Lucas nous le disait tout à l'heure, avec son calme habituel, nous sommes en présence d'un cas heureusement assez rare dans les annales criminelles, mais dont il y a pourtant, surtout en Angleterre et en Allemagne, un certain nombre de précédents.

Les maniaques de cette espèce, généralement tarés, conscients dans leur inconscience, jouissent d'un sang-

186

froid qui peut faire illusion, mais qui les pousse à des imprudences fatales.

Mettons, si ce n'est pas une question d'heures, que ce soit une question de jours. D'ores et déjà plusieurs pistes sont suivies. Ce matin, à la gare de l'Est, sur les indications d'une honorable voyageuse, on a arrêté un personnage qui répondait au signalement de Popinga, mais qui, après vérifications au commissariat spécial, se révéla être un respectable représentant de commerce de la région de Strasbourg.

Un détail, d'ailleurs, complique quelque peu la tâche des enquêteurs : Kees Popinga parle couramment quatre langues, ce qui lui permet de se faire passer aussi bien pour Anglais ou pour Allemand que pour Hollandais.

Par contre, l'interrogatoire de Jeanne Rozier, laquelle n'avait pas voulu porter plainte dès l'abord, a permis de dresser un signalement détaillé qui sera précieux à la police.

Que le public se rassure donc : Kees Popinga n'ira pas loin.

Chose curieuse, cet article lui donna plutôt de l'optimisme et il descendit au lavabo dans le seul but de se regarder dans la glace.

Il n'avait pas maigri. Il était en excellente forme. Un instant, il avait pensé se teindre les cheveux, ou laisser pousser sa barbe, mais il se dit qu'on le chercherait moins sous son aspect naturel que sous un déguisement quelconque.

De même pour son complet gris, qui était aussi banal que possible.

Seulement, il vaudrait mieux avoir un pardessus bleu ! décida-t-il.

Et il paya ses consommations, posta ses lettres à la gare, se dirigea vers un magasin de confections qu'il avait vu le matin près de la Bastille.

— Je voudrais un pardessus bleu... Bleu marine...

Et, tandis qu'il disait cela à un vendeur, au premier étage d'un grand magasin, il se rendait compte d'un nouveau danger, d'un nouveau tic : il lui venait l'habitude, en effet, de regarder les gens avec une certaine ironie. Il semblait leur demander :

— Qu'est-ce que tu en penses, toi ? Tu n'as pas lu les journaux ? Tu ne te doutes pas que tu es en train de servir le fameux Popinga *le Fou de Hollande ?...*

Il essaya des pardessus, qui étaient presque tous trop petits ou trop étroits. Il finit par en trouver un qui lui allait à peu près, mais dont la qualité était lamentable.

— Je le garde, décida-t-il.

— Nous expédions l'autre à quelle adresse ?

— Si vous voulez m'en faire un paquet, je le prendrai avec moi.

Car c'étaient ces détails-là qui étaient dangereux. Et même de se promener avec un nouveau pardessus sur le dos et un paquet à la main dans les rues ! Heureusement qu'il faisait noir, que la Seine était proche et qu'il put s'y débarrasser de son colis encombrant.

Malgré les stupidités qu'ils racontaient sur son

188

compte, les journalistes avaient du bon, en ce sens, qu'ils lui donnaient des indications sur les pensées du commissaire Lucas.

A moins... A moins, évidemment, que Lucas fît imprimer telle ou telle chose uniquement pour le tromper !

C'était amusant ! Ils ne se connaissaient pas, le commissaire et lui ! Ils ne s'étaient jamais vus ! Et ils étaient comme deux joueurs, deux joueurs d'échecs, à faire leur partie sans voir le jeu de l'adversaire.

De quelles mesures parlait-on dans le journal ? Pourquoi semblait-on penser qu'il allait se livrer à un nouvel attentat ?

Provocation ! conclut-il.

Parbleu ! On l'imaginait sensible à toutes les suggestions ! On le prenait, sinon pour un fou, du moins pour un malade ! On l'aiguillait vers de nouveaux méfaits, afin qu'il se trahît davantage.

Qu'est-ce que Jeanne Rozier avait pu donner, en fait de signalement ? Qu'il était en gris, tout le monde le savait déjà ! Qu'il fumait le cigare ? Qu'il n'avait pas plus de trois mille francs en poche ? Qu'il n'était pas rasé ?

Il ne s'inquiétait pas, non ! Mais c'était un peu énervant de ne pas savoir ce que ce commissaire Lucas pensait ! Quelles instructions avait-il données à ses hommes ? Où cherchait-on ? Comment ?

Peut-être Lucas se disait-il que Popinga voudrait assister à l'arrestation de la bande de voleurs d'autos et irait rôder autour du garage de Juvisy ?

Jamais de la vie !

Ou encore qu'il continuerait à fréquenter Montmartre ?

Pas davantage !

Alors, quand, comment comptait-il le prendre ?

Espérait-il qu'il aurait l'idée de fuir et surveillait-on les gares ?

Popinga commença, malgré lui, à se retourner de temps en temps, et surtout à s'arrêter aux étalages pour s'assurer qu'il n'était pas suivi. Devant un plan étalé à une entrée de métro, il se demanda quel quartier il choisirait pour la nuit. Oui, lequel ?

Dans un des quartiers de Paris au moins, peut-être dans deux ou trois, la police ferait la tournée des hôtels meublés et réclamerait les papiers des locataires.

Mais quel quartier Lucas choisirait-il ? Et pourquoi pas ne pas dormir du tout, puisqu'il n'avait pas sommeil ? N'avait-il pas remarqué, la veille, sur les grands boulevards, un cinéma dont les séances permanentes durent jusqu'à six heures du matin ? Est-ce que Lucas aurait l'idée d'aller le chercher dans un cinéma ?

En tout cas, il devait, coûte que coûte, faire attention à une chose : ne plus regarder les gens en face, d'une façon ironique, les femmes surtout, avec l'air de leur dire :

— Vous ne me reconnaissez pas ?... Je ne vous fais pas peur ?

Car il en arrivait à rechercher ces occasions. La preuve, c'est qu'il choisit encore, sans s'en rendre compte, un restaurant où le service était fait par des femmes.

Prendre garde à mes regards, nota-t-il dans son calepin, en s'arrêtant sous un bec de gaz.

Une phrase le tarabustait, dans le dernier article qu'il avait lu. On y insistait sur la possibilité qu'il se trahît lui-même.

Comment avait-on deviné que c'était chez lui une sorte de vertige, qu'il se résignait mal à rester un inconnu dans la foule, qu'il avait envie, parfois, surtout quand il rencontrait quelqu'un dans une rue sombre et déserte, de déclarer à brûle-pourpoint :

— Vous ne savez pas qui je suis ?

Maintenant qu'il était prévenu, il n'y avait plus de danger. Il s'accoutumerait à regarder les gens naturellement, comme s'il était un inconnu et non un homme dont parlaient tous les journaux.

Au fait, quelle tête avait tirée Julius de Coster le Jeune en apprenant tout cela ? Car il était au courant ! On en parlait aussi bien dans les journaux anglais que dans les journaux allemands.

Celui-là, du moins, devait admettre qu'il s'était toujours trompé sur le compte de son employé ! Il devait être humilié du ton dont il lui avait fait ses confidences, au *Petit Saint Georges,* comme il les eût faites à un imbécile incapable de comprendre !

Or, voilà que l'employé dépassait le patron, que Popinga enfonçait Julius ! Impossible de prétendre le contraire ! Julius, lui, quelque part, à Londres, à Hambourg ou à Berlin, était occupé à monter une affaire aux allures correctes et solennelles ! Tandis

191

que Popinga, crûment, disait au monde ce qu'il pensait...

Un jour ou l'autre, rien que pour connaître les réactions de Coster, il mettrait une annonce dans le *Morning Post,* comme c'était convenu. Mais comment recevoir la réponse ?

Popinga marchait toujours. C'était devenu la moitié de sa vie, d'errer dans les rues, dans la lumière des boutiques, dans la foule qui le frôlait sans savoir. Et ses mains, dans les poches de son pardessus, caressaient machinalement la brosse à dents, le blaireau et le rasoir mécanique.

La solution, il la trouva. Il était sûr de trouver toujours des solutions comme aux échecs ! Il n'avait qu'à descendre deux fois dans le même hôtel, s'écrire deux lettres à n'importe quel nom. Cela lui ferait deux enveloppes à son adresse, ce qui suffit pour retirer du courrier à la poste restante.

Pourquoi ne pas commencer ce soir-là ? Il pénétra, une fois de plus, dans une brasserie. Il n'aimait pas les vrais cafés parisiens, ceux où les guéridons sont trop petits et où les consommateurs sont serrés les uns contre les autres. Il avait l'habitude des établissements de Hollande, où l'on ne risque pas de toucher les coudes de ses voisins.

— Donnez-moi l'annuaire des téléphones.

Il l'ouvrit au hasard, tomba sur la rue Brey, une rue qu'il ne connaissait pas, choisit un nom d'hôtel, l'hôtel *Beauséjour.*

Après quoi il s'écrivit une lettre, ou plutôt glissa un

papier blanc dans une enveloppe sur laquelle il écrivit :

M. Smitson, Hôtel Beauséjour, 14 bis, rue Brey.

Pourquoi ne pas gagner du temps et écrire les deux enveloppes à la fois ? Il renversa son écriture. Cela lui fournit la seconde enveloppe.

Et pourquoi ne pas se servir du système pneumatique ?

Pourquoi ne pas en profiter jusqu'au bout et réclamer de l'argent à de Coster, qui devait avoir une frousse bleue qu'il racontât son histoire.

Il rédigea l'annonce :

Kees à Julius. Envoyez cinq mille Smitson, poste restante, bureau 42, Paris.

Ces menues besognes l'occupèrent jusqu'à onze heures du soir, car il ne se pressait pas, prenait son temps, son plaisir à écrire de la sorte d'une belle écriture fine et lisible.

— Donnez-moi des timbres, garçon !

Puis il descendit à la cabine téléphonique, demanda l'hôtel *Beauséjour,* commença à parler anglais, puis français, avec un fort accent d'outre-Manche :

— Allô !... Ici, M. Smitson... J'arriverai demain matin chez vous... Voulez-vous garder le courrier qui arriverait à mon nom ?

— Bien, monsieur !

Est-ce que le commissaire Lucas était enfoncé ? Est-ce qu'il avait compté sur un pareil sang-froid de la part de Popinga ?

— Vous désirez une chambre avec bain ?

— Naturellement !

N'empêche qu'il s'en voulut d'être ému, rien que parce qu'une voix de femme lui avait répondu. Cela, il fallait l'éviter à tout prix ! Le journal du soir le disait clairement : ce qu'on attendait de lui, c'était un nouvel attentat, qui donnât de nouveaux renseignements à la police !

— Mais je ne commettrai pas de nouvel attentat ! décida-t-il. Et, la preuve, c'est que je vais tranquillement au cinéma. Demain, à six heures, je descendrais à l'hôtel *Beauséjour,* comme si je débarquais du train.

Encore une preuve qu'il pensait à tout, c'est que, dans un autre café, il réclama l'indicateur des chemins de fer, constata qu'un train arrivait de Strasbourg à cinq heures trente-deux.

— Donc, je serai censé arriver de Strasbourg !

Allons ! le travail était fini ! Il pouvait aller au cinéma et il fut d'autant plus rassuré qu'il n'y avait pas d'ouvreuses, mais de grands garçons en uniformes pour placer les gens.

Que pouvait faire le commissaire Lucas ? Et Louis, qui était sûrement revenu de Marseille ? Et Goin ? Et Rose, qu'il détestait sans raison précise ?

CHAPITRE IX

*La jeune fille en satin bleu et le jeune homme au nez
de travers.*

Qu'est-ce que ça aurait pu leur faire, aux journaux,
d'imprimer quelques mots de plus ? D'habitude, ils
en racontent tant et plus, révèlent que la police pense
ceci et cela, qu'elle a tendu tel et tel piège, publient
une photo très nette de ceux qui sont chargés de
traquer le criminel.

Or, Popinga avait remarqué que pas un journal
n'avait publié le portrait du commissaire Lucas.
Evidemment, ce n'était pas d'une importance capitale. Le commissaire ne courait pas les rues en
personne, comme un limier à la recherche de Kees,
mais celui-ci eût aimé connaître les traits de son
adversaire, rien que pour se faire une opinion.

Ce n'était pas tant le silence de la presse qui était
impressionnant, que les consignes que ce silence
supposait. Par exemple, le journal qui avait publié la
grande lettre de Popinga, la faisait suivre des phrases
suivantes :

*Le commissaire Lucas, après avoir lu ce document
en souriant, nous le rendit et haussa les épaules.*

— Qu'en pensez-vous ? lui demandâmes-nous.

*Et le commissaire laissa tomber, sans vouloir en dire
davantage :*

— Du tout cuit !

Ce qui, pour Popinga, ne voulait rien dire et ne
servait de rien. Ce qui l'intéressait, c'était de savoir,
entre autres choses, si la fille dont il ne savait pas le
nom, celle avec qui il avait dormi faubourg Montmartre et qui lui avait acheté son rasoir, l'avait reconnu
après coup et si elle avait fait une déclaration à la
police.

C'était important car, si on apprenait qu'il avait un
rasoir et un blaireau dans sa poche, si d'autre part il
s'obstinait à ne pas passer la nuit seul, il serait vite
repéré.

Or, dormir seul lui était pénible. Il l'avait fait, à
l'hôtel *Beauséjour,* rue Brey, où il avait reçu ses deux
lettres, ce qui lui permettrait de se présenter à la
poste restante sous le nom de Smitson.

Il l'avait fait le lendemain, dans un hôtel du
quartier de Vaugirard, et il avait failli se lever en
pleine nuit pour aller chercher quelqu'un. Cela se
passait de façon curieuse. Quand il y avait une
femme avec lui, il s'endormait aussitôt et ne s'éveil-
lait guère que le matin. Seul, au contraire, il se
mettait à penser, d'abord tout doucement, comme un
véhicule qui aborde une pente, puis plus vite, tou-

jours plus vite, et toujours aussi à plus de choses à la fois, des choses désagréables, si bien qu'à la fin il préférait s'asseoir sur son lit et faire la lumière.

S'il avait raconté cela à quelqu'un, on aurait prétendu qu'il avait des remords, alors que ce n'était pas vrai. La preuve, c'est qu'il ne pensait jamais à Paméla, qui était morte, alors qu'il revoyait souvent Jeanne Rozier qui, elle, avait à peine été blessée et qui ne l'aurait pas dénoncé d'elle-même. Il voyait Rose aussi, hargneuse alors qu'elle ne lui avait jamais rien fait. Pourquoi, dans tous ces phantasmes, devenait-elle sa mauvaise fée ? Et pourquoi rêvait-il toujours que Jeanne Rozier, après l'avoir regardé longtemps de ses yeux verts, avec une tendre ironie, posait ses lèvres sur ses paupières et sa main fraîche sur ses mains ?

Valait-il mieux passer ainsi des nuits agitées que risquer d'être reconnu par une compagne de rencontre ? Et n'y aurait-il pas un seul journaliste qui aurait pitié, ou un journaliste assez bête, pour écrire :

« La police sait ceci et cela... Elle surveille tel et tel milieu... »

Est-ce que, par le fait qu'il avait écrit ses lettres de diverses brasseries, y compris le pneumatique au commissaire Lucas, on ne surveillait pas toutes les brasseries ? Même sans surveillance spéciale, il y avait du danger de ce côté, car les garçons de café sont observateurs par métier ; en outre, ils lisent les journaux et, entre deux allées et venues, ils ont le temps de détailler leurs clients.

Pourquoi les journaux n'imprimaient-ils pas franchement :

« Rien que dans la journée d'hier, cinq étrangers qui, dans des cafés du centre, demandaient de quoi écrire, ont été signalés à la police et conduits dans divers commissariats aux fins d'identification... »

Faute de cela, Popinga en était réduit à prendre dix fois plus de précautions et ce soir en particulier, il était en proie à un certain flottement.

C'était, il est vrai, la faute du réveillon. Dans la plupart des cafés, on ne pouvait s'asseoir parce qu'on préparait la salle pour le souper, et les garçons, debout sur les tables, suspendaient au plafond des touffes de gui et des guirlandes en papier.

Popinga se souvenait de son premier réveillon, celui de Noël, huit jours plus tôt, dans le bar de la rue de Douai, où deux fois Jeanne Rozier l'avait rejoint. Car elle s'était dérangée deux fois, alors qu'elle était en compagnie de Louis et de ses amis ! Puis cette étrange course dans l'auto volée, l'arrivée à Juvisy, la neige sur la gare de triage et tous ces trains, tous ces halètements de locomotives, ces sourds bruits de heurtoirs...

Il marchait... Il avait beaucoup marché ces deux derniers jours, par méfiance envers les garçons de café, et, quand il s'était arrêté, il avait choisi des petits bistrots comme il y en a dans tous les quartiers et dont on se demande de quoi ils vivent, car on n'y voit jamais personne.

Il n'avait pas le courage d'aller dormir et il se demandait si le commissaire Lucas, lui, réveillonnerait. Dans ce cas, où peut réveillonner un commissaire de la Police judiciaire ?

Une certaine lassitude ! Mais cela passerait avec les fêtes, quand il n'y aurait plus, dans Paris, cette atmosphère énervante, quand on ne serait plus hanté par la nécessité de s'amuser coûte que coûte.

Par crainte d'être tenté d'aller voir si la marchande de fleurs était encore rue de Douai, il avait choisi, cette nuit, le quartier presque opposé, les Gobelins, et le trouvait un des plus tristes de Paris, avec ses grandes avenues qui n'étaient ni anciennes, ni modernes, avec ses maisons monotones comme des casernes, ses cafés pleins d'une foule ni riche, ni pauvre.

C'est dans un de ces établissements qu'il échoua enfin, une brasserie d'angle, où une pancarte annonçait le dîner de réveillon à quarante francs, champagne compris.

— Vous êtes seul ? s'étonna le garçon.

Non seulement il était seul, mais il était un des premiers et il eut le temps d'observer tous les détails, de voir les cinq musiciens arriver l'un après l'autre, se raconter leurs petites histoires en réglant leurs instruments, tandis que les garçons posaient de menues branches de gui devant les couverts et pliaient les serviettes en éventail comme dans une noce de petite ville.

Puis les clients arrivèrent à leur tour et cela ressembla de plus en plus à une noce, au point que Popinga se demanda s'il ne serait pas plus discret de sa part de se retirer.

Tout le monde, en effet, se connaissait et on rapprochait les tables les unes des autres, ce qui faisait très banquet. Il n'y avait là que des familles, dans le genre de celles qui occupaient les loges du cinéma *Saint-Paul,* des commerçants du quartier, sans doute, lavés à fond, parfumés, vêtus de ce qu'ils avaient de mieux, les femmes arborant presque toutes des robes neuves.

Il ne fallut pas un quart d'heure pour que cette salle, glaciale quand Popinga était entré, fût toute vibrante de conversations, de rires, de musique, de choc de couteaux, de fourchettes et de verres.

Au surplus, tous ceux qui étaient là avaient la joie facile, car ils étaient venus pour ça et ils se mettaient d'emblée au diapason, surtout les femmes mûres et en particulier les plus grosses.

Kees mangeait comme les autres, sans trop penser. L'ambiance lui rappelait, Dieu sait pourquoi, l'histoire du sucre en poudre dans l'oxtail, quand son ami avait été nommé professeur. Pourquoi les journaux semblaient-ils s'attendre à ce qu'il fît encore quelque chose dans le genre de l'attentat Paméla?

Il était dans un coin. Non loin de lui, à une longue table occupée par plusieurs familles qui se connaissaient, trônait un homme confortable, imposant, en smoking un peu étroit, avec une chaîne de montre et des moustaches qui paraissaient passées au vernis et, d'après la conversation, Kees devina que ce devait être un conseiller municipal ou quelque chose de ce genre.

Sa femme n'était pas moins impressionnante,

empaquetée dans une robe de soie noire sur laquelle elle étalait, comme à une vitrine, des tas de diamants vrais ou faux.

Enfin, à gauche du père, il y avait leur fille qui leur ressemblait à tous les deux à la fois et qui pourtant n'était pas laide. Sans doute ressemblerait-elle un jour à sa mère, mais, en attendant, elle était fraîche, d'un rose irréel dans une robe de satin bleu; elle n'était pas encore grasse à proprement parler, mais elle avait une chair douillette et son corsage était si serré que parfois on lui sentait de la peine à respirer.

Qu'est-ce que cela pouvait faire à Popinga? Il mangeait. Il écoutait vaguement la musique et quand les couples, entre les plats, se mirent à danser, il ne pensa pas un instant qu'il pourrait tournoyer comme les autres entre les tables.

C'est pourtant ce qui arriva, bêtement. Il regardait, en pensant à autre chose, la jeune fille en satin bleu, au moment précis où on commençait une nouvelle valse et sans doute prit-elle son regard pour une invitation, car elle sourit, esquissa un geste qui signifiait:

— Vous voulez?

Puis elle se leva, tapota sa robe pour enlever les faux plis et s'avança vers Popinga, qui se trouva ainsi au milieu des couples. Sa danseuse avait les mains moites et il se dégageait d'elle une odeur un peu fade, pas désagréable, pourtant. Elle dansait en s'appuyant de tout son poids à son partenaire et en écrasant sa poitrine contre la sienne, tandis que les parents les regardaient avec approbation.

Popinga, à vrai dire, n'en était pas encore revenu. En se voyant dans la glace, en pareille posture, il se demandait si c'était bien lui et il lui arriva d'esquisser une grimace sardonique. Qu'aurait-elle dit, la grosse fille, si elle avait su que...

Brusquement, l'orchestre se taisait, la batterie faisait un boucan épouvantable, tout le monde criait, riait, s'embrassait, et Kees voyait le mol visage se lever vers le sien, recevait deux baisers sur les joues.

Il était minuit ! Les gens allaient les uns vers les autres en riant, en se menaçant, en s'enlaçant et, comme il restait là un peu désemparé, Popinga, après avoir reçu deux baisers de la fille, en reçut deux du père, puis aussi d'une autre femme qui était à leur table et qui devait être marchande de légumes.

Des serpentins partaient de tous les coins à la fois, des petites boules de coton multicolores que les garçons venaient de distribuer en hâte. L'orchestre attaquait à nouveau et Popinga, sans le vouloir, se retrouvait avec sa jeune fille en bleu dans les bras.

— Ne regardez pas, à gauche, lui soufflait-elle.

Et, tandis que la danse reprenait, plus endiablée, elle lui confiait :

— Je ne sais pas ce qu'il va faire. Non ! Conduisez-moi vers le côté droit de la salle. J'ai tellement peur qu'il déclenche un scandale !...

— Qui ?

— Ne regardez pas, car il comprendrait qu'on parle de lui !... Vous le verrez tout à l'heure. Un jeune homme en smoking, qui est tout seul... Très brun, avec une raie sur le côté... Nous étions presque fiancés, mais je n'en ai pas voulu, parce que j'ai appris des choses sur son compte...

Sans doute les quelques coupes de champagne qu'elle avait bues la mettaient-elle en confiance. Il est vrai que l'atmosphère était à la confiance, à l'abandon, à la fraternité. Tout le monde ne s'était-il pas embrassé ? Maintenant, on continuait, on allait chercher dans les coins ceux qu'on avait oubliés, on amenait les femmes sous le gui pour les baiser soudain sur les joues avec des cris joyeux.

— Je vous dis cela parce que j'aime mieux vous prévenir.

— Oui..., fit-il sans conviction.

— Peut-être vaut-il mieux que vous ne m'invitiez plus à danser. Comme je le connais, il est capable de tout ! Il m'a avertie, d'ailleurs, que je ne serais jamais la fiancée d'un autre...

Heureusement, la danse était finie et la jeune fille retournait à sa place, tandis que sa mère adressait à Popinga un discret sourire de remerciement, comme s'il eût fait quelque chose pour la famille entière.

Kees, lui, de son coin, cherchait le jeune homme dont on lui avait parlé et le reconnaissait tout de suite, car il était seul dans son genre avec, en effet, une raie sur le côté de la tête, qui soulignait l'asymétrie de son visage, accrue par un nez complètement de travers.

Il était furieux, il n'y avait pas besoin de le regarder longtemps pour s'en assurer ! Il était pâle ! Il fixait sur la jeune fille en satin bleu des yeux terribles et ses lèvres frémissaient.

Pourquoi, pour Popinga, tout cela ressemblait-il à un tableau d'amateur, où les tons sont trop crus, les personnages trop dessinés, avec tous leurs détails ? Les choses avaient un relief inattendu et les cinq musiciens suffisaient à emplir la salle d'un bruit du tonnerre de Dieu. Tout le monde riait, comme pris d'hystérie, pour rien, pour un serpentin, pour une boule de coton coloré qu'un monsieur recevait dans le cou ou sur le nez, tout le monde était béat, d'une béatitude quasi inhumaine, sauf le jeune homme au nez de travers qui avait l'air de jouer le personnage du traître dans un drame de petit théâtre.

En somme, Popinga avait eu le tort de ne pas boire du mousseux comme tout le monde. Il aurait peut-être été au diapason et cela aurait été drôle de passer ainsi le Nouvel An dans une atmosphère violemment familiale et vulgaire.

De temps en temps, la jeune fille lui jetait un coup d'œil complice, comme pour lui dire :

— Vous avez raison ! Il vaut mieux que vous ne m'invitiez plus ! Vous voyez vous-même s'il est menaçant !

Que pouvait être ce jeune homme ? Un employé de banque ? Plutôt un vendeur de grand magasin, à en juger par son élégance spéciale. Un jeune homme passionné en tout cas, qui se jouait à lui seul tout un roman, toute une tragédie, et qui avait choisi comme partenaire la blonde fille du conseiller municipal.

Celui-ci dansa avec sa femme, puis avec sa fille, puis successivement avec toutes les dames de sa table, en sautillant, en faisant des farces, en amusant la galerie, le chef coiffé d'un casque de pompier en carton.

On avait distribué des cotillons et Popinga avait reçu, pour sa part, une casquette d'officier de marine, à fond blanc, qu'il se gardait bien de poser sur sa tête.

Deux fois la mère de la jeune fille se tourna vers lui avec un sourire engageant qui signifiait :

— Vous ne dansez plus ?

Et sûrement qu'elle avait dit à son mari :

— Il a l'air comme il faut, ce monsieur !

En attendant, un jeune homme, sorti de quelque coin où Popinga ne l'avait pas encore aperçu, dansait avec la robe de satin bleu, et Kees, soudain, se rendit compte que le danger n'était pas imaginaire, que le regard de l'amoureux au nez de travers tournait vraiment au tragique.

Dix fois, pendant la danse, on sentit qu'il était sur le point de se lever, et Popinga n'aimait pas lui voir sans cesse la main droite dans sa poche.

— Garçon ! appela-t-il.

— Voilà, monsieur ! Voilà...

Il venait d'avoir une intuition. Il sentait qu'il allait se passer quelque chose et il voulait partir au plus vite. Les autres s'amusaient sans se douter de rien et, pour lui, c'était déjà comme si le jeune homme au nez de travers avait provoqué le scandale.

— Eh bien ! garçon ?

— Oui, monsieur ! Vous n'allez quand même pas partir déjà ? Il n'est pas encore une heure...

— Qu'est-ce que je vous dois ?

205

— Comme vous voudrez !... Ce que j'en disais...
Quarante et huit et sept... Cinquante-cinq francs !

L'intuition de Popinga tournait à la panique. Il lui
semblait qu'il était dangereux de perdre ne fût-ce que
quelques secondes et il s'impatientait en attendant
son vestiaire, épiait toujours le « traître » qui ne
tenait plus en place, tandis que la jeune fille en bleu
dansait toujours et, chaque fois qu'elle dansait,
souriait vaguement à Kees.

— Merci...

Il se leva si précipitamment qu'il faillit renverser la
table.

La femme du conseiller lui lança un regard de
reproche.

« Déjà ! lui faisait-elle comprendre. Et vous ne
m'avez même pas invitée ! »

Il atteignait la porte à tambour. Il tenait encore son
chapeau à la main. Il avait franchi la première
porte...

Le coup claqua très net, malgré l'orchestre, et fut
suivi d'un silence de stupeur. Kees faillit se retourner, mais il comprit qu'il fallait coûte que coûte
résister à la tentation. Il comprit qu'il était en danger,
qu'il n'avait que le temps de s'éloigner de ce café si
bourgeoisement familial où un drame d'amour venait
de se dérouler.

Il tourna à gauche, puis à droite, empruntant des
rues qu'il ne connaissait pas, marchant vite, se
demandant si la jeune fille en satin bleu était morte et
quel effet cela devait faire de la voir étendue par

terre, comme une grosse poupée, au milieu des serpentins et des boules de coton.

Il était déjà très loin quand il vit passer un car plein d'agents, qui roulait à toute vitesse dans la direction des Gobelins, et il ne s'arrêta qu'un quart d'heure plus tard, alors qu'il reconnaissait soudain le boulevard Saint-Michel avec, à gauche, le café où il avait joué aux échecs contre le Japonais.

La frayeur ne lui vint qu'après coup. Il se rendit compte de ce qu'il venait de risquer. Il s'épongea et sentit ses genoux qui tremblaient.

Est-ce que cela n'aurait pas été stupide, alors qu'il luttait pour ainsi dire scientifiquement contre le commissaire Lucas et contre tout le monde, y compris les journalistes, d'aller se faire prendre parce qu'un jeune homme jaloux tirait un coup de revolver ?

Il lui fallait désormais se méfier de la foule, car, dans la foule, il se passe toujours quelque chose, un drame, un accident, et voilà qu'on demande les papiers...

Il ne devait pas non plus rester boulevard Saint-Michel, car il lui semblait, à tort ou à raison, que c'était un des endroits où l'on pouvait le chercher. A Montmartre aussi ! Et à Montparnasse ! Il valait mieux retourner dans un quartier dans le genre des Gobelins, choisir un hôtel tranquille, se coucher...

D'ailleurs, n'avait-il pas à travailler ? Depuis la veille, il n'avait pas tenu son carnet à jour. Il est vrai qu'à part le coup de feu, il n'avait pas grand-chose à y noter.

Mais il avait pris une autre décision. Comme il pouvait lui arriver quelque chose et que ce carnet ne suffirait pas, car personne ne pourrait comprendre, il s'était promis, puisqu'il avait le temps, d'entreprendre la rédaction de véritables mémoires.

Ce qui lui en avait donné l'idée, c'était le journal qui avait publié sa lettre sous le titre :

Etranges confidences d'un meurtrier.

Puis, sous l'article, cet entrefilet :

Comme on le voit, nous avons pu offrir à nos lecteurs un document humain de première valeur, comme les archives criminelles n'en contiennent que quelques rares spécimens.

Kees Popinga est-il sincère ? Joue-t-il la comédie ? Se la joue-t-il à lui-même ? Enfin, est-il fou ou sain d'esprit, c'est ce qu'il ne nous appartient pas de juger.

C'est pourquoi nous avons soumis cette lettre à deux de nos psychiatres les plus célèbres et nous espérons, dès demain, reproduire leur avis dans nos colonnes, persuadés que nous rendrons ainsi un service signalé à la police.

Cette lettre, il l'avait relue et il n'en avait pas été satisfait. Les mots, les phrases, ne faisaient pas le même effet dans le journal que sur le papier de la brasserie. Il y avait beaucoup de choses mal expliquées, d'autres qui ne l'étaient pas du tout. Au point qu'il avait failli écrire aux deux psychiatres pour leur demander d'attendre un peu avant de se prononcer !

Ainsi, ce qu'il avait dit de son père pourrait incliner les gens à croire qu'il avait un atavisme d'alcoolique, alors que son père, en réalité, ne s'était mis à boire avec exagération que plusieurs années après sa naissance.

Il n'avait pas bien expliqué non plus que, s'il avait toujours été un solitaire, et ce depuis les bancs de l'école, c'est qu'il avait senti qu'on ne lui donnerait pas la place à laquelle il avait droit !

Il fallait tout recommencer, depuis le début, c'est-à-dire depuis sa naissance. Il fallait dire, entre autres choses, qu'il aurait pu être le premier en n'importe quoi, ce qui était la vérité. Car, gamin, il était le plus fort à tous les jeux. Quand il voyait quelqu'un faire un exercice, il disait :

— Ce n'est rien, n'est-ce pas ?

Et, sans aucune préparation, en improvisant, il le réussissait du premier coup.

Quant aux années de vie familiale, c'étaient peut-être celles sur lesquelles les gens se tromperaient le plus. Il n'avait pas pu expliquer exactement la réalité.

Par exemple, on l'accuserait de n'avoir jamais aimé sa femme et ses enfants, ce qui était absolument faux !

Il les aimait *bien,* voilà le mot. C'est-à-dire qu'il faisait ce qu'il devait faire, qu'il était en effet ce qu'on appelle un bon père et qu'on ne pouvait rien lui reprocher à ce sujet.

Au fond, toujours, il avait fait tout son possible. Il

s'était ingénié à être un homme comme les autres, un homme convenable, correct, honorable, et il n'avait marchandé ni son temps, ni sa peine.

Ses enfants avaient été bien nourris, bien habillés, bien logés.

Ils avaient chacun une chambre dans la villa, une salle de bains pour eux deux, ce qui n'existe pas dans toutes les familles. Il ne regardait pas aux dépenses du ménage. Donc...

Seulement, on peut faire tout cela et rester seul dans un coin, avec le sentiment confus que ce n'est pas assez pour remplir une vie et qu'on aurait peut-être pu réaliser autre chose !

Voilà ce qu'il fallait faire comprendre. Le soir, quand Frida — c'était drôle, maintenant, de prononcer son nom ! — quand Frida faisait ses devoirs, que *maman* collait ses images dans l'album et qu'il tournait les boutons de la T.S.F. en fumant son cigare, il ne pouvait s'empêcher de se sentir isolé.

Aussi, quand le sifflet d'un train retentissait à moins de trois cents mètres de la maison...

En attendant, il marchait, tantôt dans des rues sombres, tantôt dans des rues trop éclairées. Parfois, il croisait des bandes de gens qui gambadaient en se tenant par le bras et qui portaient des chapeaux en papier comme le conseiller municipal.

Il rencontrait aussi des hommes qui marchaient lentement et ramassaient des mégots le long des trottoirs, s'arrêtaient devant les cafés en espérant confusément quelque chose. Il passait près d'agents en uniforme qui vivaient leur nuit de réveillon debout au coin d'une rue, à surveiller sans conviction la ville.

La preuve, c'est qu'aucun d'eux ne songeait à le regarder sous le nez !

Il écrirait ses mémoires et, en réalité, il avait déjà essayé, le matin même, mais il n'avait pas pu, parce qu'il avait voulu faire cela alors qu'il était seul dans sa chambre d'hôtel.

Or, dès qu'il était seul, les idées fuyaient, ou plutôt ses pensées prenaient une autre tournure et il avait envie d'aller se regarder dans la glace pour voir si son visage avait changé.

Il préféra écrire dans une brasserie, là où on renifle la vie des autres comme on sent passer dans l'air les effluves d'un poêle. Seulement, il n'avait plus le droit de demander de quoi écrire, sous peine de voir le garçon sourciller, gagner la cabine téléphonique et alerter la police.

Qu'est-ce qu'il avait encore le droit de faire, en définitive ? Il ne le savait pas au juste, puisque le commissaire Lucas ne disait rien à la presse ou obtenait d'elle qu'elle se tût !

Prendre un train, en tout cas, lui était interdit. Elémentaire ! Il était impossible que, dans chaque gare, il n'y eût pas un policier dévisageant les voyageurs au passage et ayant en tête le signalement de Kees Popinga.

Les filles ? Il n'en était pas encore sûr. Il faudrait essayer, mais c'était risquer gros. D'autre part, s'il allait encore dormir seul, il savait qu'il passerait une méchante nuit, ce qui était mauvais pour le lendemain, car il se réveillait sans entrain et sans sa lucidité habituelle.

En réalité, ce qu'il aurait fallu, c'était une femme comme Jeanne Rozier, qui aurait compris et qui l'aurait aidé, car elle était assez intelligente pour cela. D'ailleurs, il était persuadé qu'elle l'avait senti aussi, qu'elle avait deviné qu'il était un autre homme que son gigolo de Louis, tout juste bon, celui-là, à voler des autos et à les revendre en province, ce qui est l'enfance de l'art. La preuve, c'est que Popinga avait réussi du premier coup, sans même un frémissement !

Est-ce que la police surveillait le garage de Juvisy comme il le lui avait recommandé ? Qui sait ? Il n'avait pas agi ainsi par hasard. Louis sous les verrous, où il en aurait sans doute pour quelques années avec Goin et les autres, Jeanne Rozier serait seule et, à ce moment...

En attendant, il fallait dormir quelque part et le problème commençait à devenir lancinant, à force de se poser tous les soirs, avec les risques qu'il comportait. Kees ne savait pas au juste où il était. Il dut regarder le nom de deux rues et découvrir une station de métro pour s'apercevoir qu'il était boulevard Pasteur, dans un quartier qu'il ne connaissait pas encore et qui ne lui paraissait pas plus gai que les Gobelins.

Des appartements étaient encore éclairés. On voyait sortir des maisons des gens qui avaient réveillonné chez des amis et qui partaient à la recherche d'un taxi. Un homme et une femme se disputaient tout en marchant de la sorte et il entendit en passant la femme qui disait :

— Pour un Premier de l'an, tu n'avais pas besoin de l'inviter aussi souvent à danser !...

Drôle de vie ! Drôle de nuit ! Un vieux dormait, étendu de tout son long sur un banc, et deux policiers se promenaient à pas réguliers en bavardant de leurs petites affaires, sans doute de questions de traitement.

C'était vraiment dur de se résigner à aller dormir seul, sans compter que... C'était bête ! Au moment, il ne s'en était pas aperçu... N'empêche que cette grosse fille en satin bleu qu'il avait tenue dans ses bras l'énervait après coup... Et puis, il s'était habitué à cette intimité débraillée et sordide, chaque soir, avec une inconnue...

Pourquoi ne ferait-il pas l'expérience, encore une fois ? Certes, il y avait peu de femmes seules dans les rues, cette nuit-là. Même devant les hôtels où elles ont coutume de se tenir, il n'en voyait pas. Est-ce qu'elles réveillonnaient, elles aussi ?

Il marcha encore. Il aperçut de loin la gare Montparnasse et il évita d'en approcher, car il était persuadé que c'était un endroit dangereux.

Une demi-heure plus tard, il n'avait trouvé personne et, de méchante humeur, les jambes lasses, il pénétra dans un hôtel avec l'espoir qu'il serait peut-être reçu par une femme de chambre. Ce fut un vieux gardien de nuit qui l'accueillit, d'aussi méchante humeur que lui et qui, comme il n'avait pas de bagages, le fit payer d'avance et lui remit une clef.

Pour comble, la montre de Popinga était arrêtée et il ne sut pas à quelle heure il s'endormait enfin, ni à quelle heure il se réveillait, car il était dans une chambre donnant sur la cour et il ne pouvait juger du mouvement de la rue.

Il ne s'aperçut qu'une fois dehors qu'il était très tôt, que la ville était vide, sinistre comme après toutes les fêtes. Rien que des gens de banlieue, endimanchés, qui débarquaient des gares pour apporter leurs souhaits... Comme il faisait gris par surcroît et qu'une bise glacée balayait les rues, on se serait aussi bien cru à la Toussaint qu'au Nouvel An !

Du moins allait-il trouver, dans le journal, l'opinion des deux psychiatres, et il se mit à déployer la feuille, tout en marchant dans une rue qui le conduisait à l'Ecole militaire.

Le professeur Abram, qui a bien voulu nous recevoir hier au soir, malgré les fêtes, n'a fait que lire hâtivement la lettre de Kees Popinga et, en attendant une étude plus étendue, il nous a résumé d'un mot sa première impression : selon lui, le Hollandais est un paranoïaque qui, si on pousse son orgueil à bout, peut devenir un individu extrêmement dangereux, et d'autant plus que les gens de cette espèce gardent en toutes circonstances un sang-froid remarquable.

Le professeur Linze, absent de Paris pour deux jours encore, nous fera de son côté connaître son opinion dès son retour.

A la Police judiciaire, rien de nouveau. Le commissaire Lucas a dû s'occuper pendant la journée d'hier d'une affaire de stupéfiants qui lui a laissé peu de loisirs, mais ses collaborateurs ne perdent pas de vue l'affaire Popinga.

D'après ce que nous avons cru comprendre, il y aurait un élément nouveau, mais on garde au quai des Orfèvres une discrétion absolue à ce sujet.

Tout ce que nous pouvons dire, c'est qu'il semble que Popinga ne restera plus longtemps en liberté.

— Pourquoi ?

Il parlait tout seul. Oui, pourquoi ne resterait-il pas longtemps en liberté ? Et pourquoi ne donnait-on pas de détails ? Et pourquoi le traitait-on de paranoïaque ?

Il avait déjà entendu le mot, certes. Il se doutait vaguement de ce qu'il voulait dire. Mais n'aurait-on pas pu donner quelques précisions ? Si seulement il avait pu consulter un dictionnaire ? Mais où aller pour cela ? A Groningue, dans les bibliothèques publiques, il faut signer sur un registre avant d'entrer. Il devait en être de même à Paris. Et dans les cafés, si on consulte le Bottin et l'Indicateur des chemins de fer, on n'a pas l'habitude de mettre des dictionnaires à la disposition des consommateurs.

C'était odieux ! Cela prenait les allures d'une conjuration, d'une méchanceté gratuite, comme encore cette allusion à un élément nouveau sur le compte duquel on avait soin de garder le silence !

Est-ce que Jeanne Rozier, qui s'y connaissait, n'avait pas dit du commissaire Lucas que c'était une sale bête ? Popinga recommençait à avoir l'impression que le policier ne faisait rien, ne cherchait pas du tout, persuadé qu'il était que sa victime viendrait se faire prendre d'elle-même.

N'était-ce pas ce qui se dégageait de ses attitudes décrites par la presse et des quelques phrases ambiguës qu'il daignait prononcer ?

Or il se trompait, car Popinga n'était pas décidé du tout à se jeter tête baissée dans un piège ! Il était au moins aussi intelligent que ce monsieur et que l'autre, l'aliéniste, qui ne trouvait à dire, d'un ton supérieur, que le mot :

— *Paranoïaque !*

Comme d'autres avaient dit *fou !* Comme on avait dit *vicieux !* Comme la femme du faubourg Montmartre avait dit qu'il était un *triste !* Comme la gamine maigre de la rue de Birague avait décrété *qu'il n'aimait que les femmes grasses !*

Sa supériorité sur eux tous n'était-elle pas précisément que lui, du moins, se connaissait ?

Il relut l'article — beaucoup trop court — en buvant un café-crème et en mangeant un croissant dans un petit bar aux murs couverts de céramiques dans le style 1900. Puis il se souvint de sa jeune fille en satin bleu, chercha partout, découvrit enfin quelques lignes dans les faits divers :

Cette nuit, au cours d'un réveillon dans un café des Gobelins, un amoureux éconduit, Jean R..., a tiré une balle dans la direction de Germaine H..., fille d'un négociant en vins qui est en même temps un de nos sympathiques conseillers municipaux. La balle, heu-

reusement, n'a fait que blesser un danseur, Germain V..., qui a pu regagner son domicile après pansement. Jean R... a été conduit au Dépôt.

Il rit tout seul sans savoir pourquoi. C'était crevant, ce drame qui finissait ainsi, ou plutôt qui finirait peut-être par un mariage. Car Popinga n'était pas sûr que Germaine H..., comme on disait, ne l'avait pas fait exprès !

Restait à savoir ce que Julius de Coster le Jeune avait répondu à son annonce, pour autant qu'il n'ait pas oublié de lire chaque jour le *Morning Post*. Popinga prit un autobus, car il y avait une bonne moitié de Paris à traverser pour atteindre le Bureau 42, rue de Berry. Il se présenta sans hésiter au bureau de la poste restante et exhiba ses deux enveloppes au nom de Smitson.

Sans difficulté aucune, on chercha dans le tas, à la lettre « S », et on lui tendit une enveloppe dont l'adresse était tapée à la machine.

Il se retira dans un coin pour l'ouvrir. Il sentait une épaisseur. Il sortit d'abord quatre billets d'une livre, puis un papier qui portait quelques lignes également dactylographiées :

Je m'excuse de ne pas envoyer davantage, mais les débuts sont toujours durs et c'est tout ce que j'ai en poche. Me tenir au courant si nécessaire et ferai l'impossible.

« J. »

C'était tout. A croire que Julius de Coster n'était même pas étonné de ce que Popinga avait fait ! A croire que personne n'était étonné et qu'on ne trouvait, pour juger son cas, qu'un mot qui ne voulait rien dire :

— *Paranoïaque !*

Il est vrai que *maman,* elle, avait bien trouvé le mot *amnésie !*

CHAPITRE X

Quand Kees Popinga change de chemise tandis que la police et le hasard, au mépris des règles du jeu, organisent une conjuration de la méchanceté.

Il n'était pas découragé, non. Cela ferait trop de plaisir à ces messieurs. Mais il ne pouvait s'empêcher, quand il ouvrait un journal ou quand il en apercevait à la devanture des kiosques, d'avoir un sourire amer.

On ne lui tenait compte de rien, ni de ce qu'il était seul contre tous, à jouer courageusement le jeu, ni de ce que certains détails de la vie quotidienne se compliquent singulièrement dans un cas comme le sien.

Ainsi, la première fois qu'il avait changé de chemise, dans les lavabos d'un café — cet endroit tenait une place importante dans sa vie errante —, il était sorti avec la chemise sale à la main et il s'en était débarrassé en la laissant tomber dans un urinoir.

Eh bien ! il avait failli être pris ! Un agent avait vu l'objet tomber et, tandis que Kees s'éloignait, il pénétrait à son tour dans la vespasienne, si bien que Popinga dut se mettre à courir !

Maintenant que, pour la seconde fois, il venait de mettre une chemise neuve, il avait préféré jeter l'autre dans la Seine, mais c'est plus compliqué qu'on le croit de trouver un endroit où faire ce geste sans être vu. Toujours, au dernier moment, on aperçoit un pêcheur à la ligne, un clochard, des amoureux, ou une dame promenant son chien...

Qui donc soupçonnait seulement ces à-côtés de sa vie ? Pas les journaux, en tout cas ! Il leur avait fourni, non seulement de la matière, mais de la copie gratuite. N'empêche qu'il n'y en avait pas un pour manifester quelque sympathie à son égard.

Il ne demandait pas que l'on formât publiquement des vœux pour qu'il gagnât la partie. Il ne demandait pas non plus deux colonnes en première page chaque jour. Mais il se comprenait. Il y a une façon de présenter les événements de ce genre qui fait qu'on rend le héros sympathique ou antipathique ; et, en France, les héros de faits divers sont presque toujours sympathiques.

Pourquoi échappait-il à la règle ? Fallait-il voir là-dedans l'intervention du commissaire Lucas ?

Il n'avait volé personne, ce qui devait rassurer les bourgeois. Si Paméla était morte, il ne l'avait pas fait exprès. Et, les deux fois, il ne s'était attaqué qu'à des filles d'un certain milieu, ce qui était susceptible de dissiper les craintes des honnêtes femmes.

Avec une multitude de crimes sur la conscience,

Landru, qui était laid par surcroît, avait encore pour lui la moitié du public !

Pourquoi ? Et pourquoi cette hostilité inavouée des journaux qui, quand ils ne faisaient pas la grève du silence, se contentaient d'informations sans intérêt :

Le docteur Linze, dont nous avions promis à nos lecteurs l'opinion sur le cas du Hollandais, nous fait savoir que, malgré son vif désir de nous être agréable, il ne se croit pas autorisé, sur le vu d'une simple lettre, à émettre un diagnostic dans une affaire aussi grave.

On en arrivait là ! A de petites discussions en marge de sa personne, de sa vie, de sa liberté ! Le lendemain, le professeur Abram, qui se sentait visé par la déclaration de son confrère, répondait de sa belle encre :

On a voulu me faire dire ce que je n'ai pas dit au sujet d'une affaire d'ailleurs sans importance. Certes, au cours d'une conversation, j'ai pu laisser entendre que je considérais Kees Popinga comme un paranoïaque banal, mais, à aucun moment, je n'ai voulu donner à cette opinion toute provisoire la valeur d'un diagnostic.

Même les aliénistes qui avaient l'air de le lâcher ! Même Saladin, le journaliste qui avait écrit sur lui les meilleurs articles, au début, et qui maintenant enregistrait les communiqués sans les signer ! Popinga ne le connaissait pas. Il ignorait si c'était un jeune ou un vieux, un joyeux ou un triste, et pourtant ce lâchage l'écœurait.

Quel intérêt de publier des choses comme ceci, dans toute leur sécheresse :

Les experts qui, malgré les fêtes, ont étudié la comptabilité de la maison Julius de Coster en Zoon, ont déposé un premier rapport déclarant que leur travail demandera plusieurs semaines. Il semble, en effet, que l'affaire soit beaucoup plus considérable qu'il n'a paru dès l'abord et qu'on se trouve, non seulement devant un krach retentissant, mais devant toute une série d'escroqueries commises sous le couvert d'une façade honorable.

D'autre part, c'est en vain que le Wilhelmine Canal a été dragué pendant plusieurs jours. Le corps de Julius de Coster n'a pu être retrouvé et il ne paraît pas possible qu'il ait été entraîné par un bateau.

L'opinion qui prévaut est qu'on se trouve devant un faux suicide et que l'armateur a passé la frontière.

Qu'est-ce que cela pouvait faire à Popinga ? Par contre, on publiait avec un malin plaisir des notes comme celle-ci :

Le commissaire Lucas s'est rendu hier à Lyon en avouant qu'il y allait pour enquête, mais il s'est refusé à déclarer si c'est au sujet de l'affaire Popinga ou si, au contraire, il s'agit des trafiquants de stupéfiants dont quelques-uns sont déjà sous les verrous.

Pourquoi à Lyon ? Et pourquoi revenait-on avec insistance sur cette affaire de stupéfiants qui n'intéressait personne ? Pourquoi tout se passait-il comme si un chef invisible se fût ingénié à fausser le jeu ?

Le chef ne pouvait être que le commissaire Lucas. C'était lui qui, d'une façon ou d'une autre, empêchait les reporters de poursuivre leur enquête comme ils en ont l'habitude.

Car, d'ordinaire, chaque journal poursuit sa petite enquête, chacun a sa théorie, sa piste, chacun interroge des gens et publie ce qu'il a appris.

Or personne n'avait eu l'idée d'interviewer Jeanne Rozier ! Pas un mot sur son état ! Impossible de savoir si elle était rétablie et si elle avait repris son travail au *Picratt's*. Pas un mot non plus sur Louis, dont on n'avait pas annoncé le retour de Marseille.

Cela ne prenait-il pas les allures d'une mesquine persécution ? Et comment supposer que nul ne se soit présenté à la police et n'ait déclaré qu'il avait rencontré Popinga ? Dans ce cas, pourquoi le taire ?

Pour le pousser à bout, bien sûr ! Il avait compris ! Il haussait les épaules et soupirait avec mépris, sentant qu'on voulait faire le vide autour de lui.

N'empêche qu'il s'observait. Quand il se promenait dans les rues, il évitait de regarder les passants d'un air interrogateur ou ironique. Il évitait les filles publiques, préférait mal dormir, et même rester éveillé une partie de la nuit, avec parfois des palpitations.

Il venait de faire une nouvelle expérience. Le

hasard l'avait conduit à Javel, dans un hôtel très vulgaire. Il avait cru habile de changer ainsi de genre d'établissement. C'était une faute. Il n'était pas habillé pour descendre dans des meublés aussi pauvres et il avait remarqué qu'on le regardait avec étonnement.

Donc, ne pas descendre trop bas et ne pas monter trop haut ! D'autre part, il lui restait douze cents francs et il faudrait, un jour prochain, se procurer du nouvel argent. Il commençait à y penser. Il avait encore le temps, mais il pouvait déjà examiner la question.

La nuit de Javel, c'était la nuit du 7 au 8 janvier, et Popinga, après avoir jeté sa chemise sale dans la Seine, préféra changer de quartier avant de s'installer quelque part pour lire les journaux. Il pleuvait. Pour les autres, ce n'était rien qu'un petit ennui. Pour lui, qui devait passer une grande partie de la journée dans la rue et qui n'avait pas de vêtements de rechange, cela avait beaucoup d'importance, cela devenait comme une méchanceté de la nature.

Mais à une méchanceté près !...

C'est à côté de la Madeleine, dans une brasserie confortable, qu'il faillit éclater d'un rire féroce en lisant, dans le journal, précisément, où opérait Saladin :

La police relâche un voleur d'autos.

Le plus fort, c'est que, depuis quelques jours, il s'attendait à quelque chose de ce genre. Il ne s'était pas trompé en pensant qu'il y avait anguille sous roche. Mais quant à penser...

Hier, vers cinq heures de l'après-midi, le hasard nous a fait assister, à la Police judiciaire, à la mise en liberté d'un des voleurs d'autos arrêtés la semaine dernière.

Comme le dénommé Louis sortait du bureau du commissaire Lucas, nous nous sommes efforcés d'obtenir des renseignements de source officielle, mais nous nous sommes heurtés à un mutisme farouche.

Nous ne pouvons donc que donner ici les résultats de notre enquête personnelle et qu'émettre des suppositions.

Remarquons tout d'abord qu'aucun communiqué n'avait été fait à la presse quand, la nuit du 1er au 2 janvier, le commissaire Lucas, qui d'habitude ne s'occupe pas de ces sortes d'affaires, présida en personne à l'arrestation d'une bande de voleurs d'autos.

Pourquoi cette discrétion ? Et pourquoi, depuis lors, rien n'a-t-il transpiré de l'affaire, qui est d'envergure, puisque quatre hommes et une femme sont déjà sous les verrous ?

Nous croyons pouvoir répondre à cette question, parce que nous connaissons l'identité du chef de la bande, connue sous le nom de « bande de Juvisy », parce que c'est dans cette localité que les voitures volées étaient maquillées la nuit même avant d'être réparties en province.

Ce chef de bande, donc, n'est autre qu'un certain

Louis, ancien trafiquant de cocaïne et amant de cœur
de Jeanne Rozier.
On n'a pas oublié que celle-ci...

Kees Popinga aurait pu écrire la suite de l'article, bien mieux que son ami Saladin! Jamais son sourire n'avait contenu autant de mépris pour les journaux, pour Lucas, pour l'humanité entière!

On s'explique, dès lors, l'intervention personnelle du commissaire Lucas dans l'affaire de Juvisy. La bande arrêtée, y compris une certaine Rose, ancienne femme de chambre de maison spéciale, sœur du garagiste Goin, les interrogatoires allèrent bon train sans que la presse en fût avertie.

Faudrait-il croire maintenant, Louis étant relâché, que son innocence a été reconnue? Ce n'est pas notre avis. Et nous avouons que, faute d'être renseignés au quai des Orfèvres, nous avons interrogé certains personnages d'un milieu spécial qui connaissent particulièrement Louis et ces sortes d'affaires.

— Si Louis a été remis en liberté, nous ont-ils dit, c'est qu'il a une besogne à accomplir, vous comprenez?

Comme pour confirmer cette opinion, le Louis en question, dès hier soir, faisait le tour d'un certain nombre de bars, où il donnait à des amis des consignes mystérieuses.

Disons, pour ne pas trop nous avancer, qu'il apparaît que, dès à présent, Kees Popinga, agresseur de Jeanne Rozier, n'est plus recherché seulement par la

police, mais que le « milieu » tout entier est décidé à
avoir sa peau.

Ce qui équivaut, croyons-nous, à son arrestation à
très brève échéance ! A moins qu'un accident...

Cette fois, en se regardant dans la glace qui était en face de lui, de l'autre côté de la salle, Popinga s'aperçut qu'il était pâle et que ses lèvres étaient incapables d'esquisser un sourire, si sarcastique fût-il.

Les événements corfirmaient ses craintes et, sans Saladin à qui il en voulait beaucoup moins, il n'aurait rien su, il aurait continué à aller et venir, à ne pas soupçonner ce qui se tramait contre lui.

C'était simple, parbleu ! Le coup de Juvisy avait réussi et la bande avait été arrêtée, mais Lucas, au lieu de le crier sur les toits, avait amusé les journaux avec des histoires de morphine et d'héroïne.

Il avait dû montrer à Louis la lettre de dénonciation de Popinga. Il n'avait pas hésité, c'était maintenant avéré, à lui proposer un ignoble marché.

Voilà ce qui se passait ! La police négociait avec Louis ! La police relâchait celui-ci pour qu'il en finisse avec Popinga ! Autrement dit, toute seule elle était incapable de lui mettre la main dessus !

Ce n'était plus seulement du mépris, de la rancœur qu'il y avait dans l'âme de Kees, mais un profond, un immense écœurement. Il demanda du papier, sortit son stylographe, mais au moment d'écrire, il haussa les épaules avec lassitude. Ecrire à qui ? A Saladin ? Pour confirmer les termes de son article ? Au commissaire Lucas, pour le féliciter avec ironie ? A qui, alors, et à quoi bon ?

Parce que Louis se mettait en chasse, on croyait la partie gagnée et on criait victoire. Comment donc ! Désormais, toutes les filles de Paris, tous les rôdeurs, tous les tenanciers de bars suspects et d'hôtels meublés auraient l'œil et se tiendraient prêts à alerter Police-Secours.

Si la police ne l'avait jamais vu, Louis, lui, le connaissait.

— Garçon ! Qu'est-ce que je vous dois ?

Il paya sa consommation, mais ne partit pas. Il ne sut pas pourquoi, d'ailleurs. Il sentait soudain toute la fatigue accumulée par tant de marches à travers Paris. Il restait sur la banquette de moleskine à regarder vaguement la rue où défilaient des para-pluies.

La vérité, c'est qu'on lui préférait officiellement un voleur d'autos, un repris de justice, qui vivait en outre de la prostitution. Car c'était cela ! Personne n'aurait pu prétendre le contraire. Et, sans doute, si Louis réussissait, fermerait-on les yeux sur l'activité de la bande de Juvisy !

— Garçon !

Il avait soif. Tant pis ! Il avait besoin de réfléchir et un verre d'alcool l'y aiderait.

Au fond, après l'histoire avec Jeanne Rozier, il avait eu le tort de s'arrêter. Oh ! il était lucide ! Il commençait à comprendre le mécanisme de l'opinion publique. Il aurait fallu que, dès le lendemain, on pût lire dans les journaux :

Kees Popinga attaque une jeune femme dans un train...

Et ainsi de suite, sans cesse du nouveau, de façon à tenir le public en haleine et à se hausser jusqu'à la légende

Se serait-on passionné pour le sort de Landru s'il n'avait tué qu'une ou deux femmes ?

Peut-être aussi avait-il tort d'écrire tout ce qu'il pensait au lieu de mentir. Si, par exemple, il *leur* avait laissé croire qu'à Groningue, où tout le monde le prenait pour un citoyen modèle, il se livrait déjà à des agressions mystérieuses ?

Il relut l'article de Saladin, qui le confirma dans son idée : le héros de l'aventure, ce n'était déjà plus lui, Popinga, mais bien Louis, qui devenait le personnage principal.

Demain, l'amant de Jeanne serait le personnage sympathique ! Les gens se passionneraient pour cette chasse à l'homme conduite dans les dessous de Paris par un repris de justice, avec l'assentiment tacite de la police !

Découragé, non, il ne voulait pas l'être et il ne le serait à aucun prix. Il avait le droit d'être fatigué un moment et de mesurer l'injustice dont il était la victime. Combien étaient-ils à ses trousses, à présent ? Des centaines ? Des milliers ?

Ce qui ne l'empêchait pas de boire son verre de fine et de rester impassible en regardant tomber la pluie. Qu'ils cherchent ! Qu'ils observent les passants sous le nez ! Un homme est toujours plus fort qu'une foule, du moment qu'il garde son sang-froid. Et Popinga garderait le sien.

Il n'avait eu qu'un tort : celui de n'avoir pas, dès le début, considéré tout le monde en ennemi. Si bien qu'on ne le prenait pas au sérieux. On n'avait pas peur de lui. C'est tout juste si on ne le traitait pas en personnage grotesque !

Paranoïaque !

Et après ? Qu'est-ce que cela prouvait ? Est-ce que cela l'empêchait de narguer tout Paris, assis bien au chaud dans une brasserie devant un second verre de fine ? Est-ce que cela l'empêcherait de faire ce qu'il voudrait, ce qu'il déciderait, ce qu'il allait décider le jour même, quelque chose d'énorme, quelque chose qui les ferait trembler tous tant qu'ils étaient, y compris les voleurs d'autos, les filles et les marlous de Louis ?

Il ne savait pas encore quoi. Il avait le temps. Il valait mieux ne pas se presser, attendre une inspiration et continuer à regarder passer les gens dans la rue, à la queue leu leu, comme un troupeau stupide. Il y en avait même qui couraient, comme si cela les avançait en quelque chose ! Et un agent en pèlerine qui, grave comme un pape et se croyant indispensable, jouait avec son sifflet et son bâton blanc ! N'aurait-il pas été plus intelligent, au lieu de parader ainsi, de venir réclamer ses papiers à Popinga ?

Du coup, ce serait fini. Il n'y aurait plus d'affaire Popinga, plus besoin de Louis, ni des autres, ni de ce commissaire Lucas qui devait se croire le plus subtil des hommes !

La preuve qu'il n'était pas si subtil que ça, c'est que Kees, sans moyen d'information, avait senti venir le coup depuis plusieurs jours et avait eu le courage de dormir seul !

Qui sait ? Maintenant, il ne dormirait peut-être plus seul. Mais, en tout cas, ses compagnons n'iraient pas le raconter...

Il avait le sang à la tête. Il se regarda une fois encore dans la glace en se demandant s'il avait vraiment pensé ce qu'il venait de penser. Pourquoi pas ? Qu'est-ce qui l'en empêcherait ?

Il détourna la tête, car quelqu'un lui adressait la parole en anglais, un personnage qui, depuis quelques minutes, écrivait à une table voisine.

— Pardon, monsieur, disait-il en souriant, vous ne parleriez pas anglais, par hasard ?

— Oui.

— Vous êtes peut-être anglais ?

— Oui.

— Dans ce cas, excusez-moi de vous demander un service. Je suis nouvellement débarqué à Paris. J'arrive d'Amérique. Je veux demander au garçon combien il faut mettre de timbres sur cette lettre, mais il n'arrive pas à me comprendre.

Popinga appela le garçon, traduisit, regarda son compagnon qui se confondait en remerciements et timbrait une lettre adressée à la Nouvelle-Orléans.

— Vous avez de la chance de parler le français ! soupirait l'inconnu en refermant le sous-main. Moi, depuis mon arrivée, je suis très malheureux. Les gens ne me comprennent même pas quand je demande mon chemin dans la rue. Vous connaissez Paris ?

— Un peu, oui.

Et cela l'amusait de penser qu'en huit jours il avait eu le temps de parcourir tous les quartiers de la capitale.

— Des amis m'ont donné une bonne adresse, celle d'un bar tenu par un Américain, où se réunissent tous les Américains de Paris... Vous connaissez ?

L'homme n'était pas tout jeune. Il avait les cheveux gris, les joues couperosées, un nez coloré qui révélait son penchant pour les liqueurs fortes.

— Il paraît que c'est tout près de l'Opéra, mais j'ai cherché pendant une demi-heure sans trouver.

Il tira un petit papier d'une poche de son ample pardessus :

— Rue... attendez... rue de la Michodière...

— Je connais, oui !

— C'est loin d'ici ?

— A cinq minutes à pied.

L'autre parut hésiter, murmura enfin :

— Vous ne voulez pas accepter de venir prendre l'apéritif là-bas avec moi ? Depuis deux jours, je n'ai pas pu parler à quelqu'un.

Et Popinga donc ! Il y avait huit jours, lui, que cela ne lui était pas arrivé.

Cinq minutes plus tard, les deux hommes suivaient les grands boulevards et un camelot, les entendant parler, leur présentait des cartes postales transparentes.

— Qu'est-ce que c'est ? demandait le Yankee.

Et Kees, en rougissant :

— Ce n'est rien, n'est-ce pas ? Des choses pour les étrangers...

— Il y a longtemps que vous habitez Paris ?

— Assez longtemps, oui !

— Moi, je resterai seulement huit jours, puis je partirai en Italie, puis je rentrerai à la Nouvelle-Orléans. Vous connaissez ?

— Non.

Des gens se retournaient. Ils étaient les étrangers types, qui arpentent les grands boulevards avec assurance, en parlant à voix haute comme si personne ne pouvait les comprendre.

— C'est dans cette rue..., indiqua Popinga.

Il était assez prudent pour penser qu'il ne fallait rien dire de compromettant à cet homme. Si même il appartenait à la police ou à la bande de Louis, il en serait pour ses frais.

Il poussa la porte du bar qu'il ne connaissait pas et il fut impressionné par le décor et par l'atmosphère.

C'était nouveau pour lui. On n'était plus en France, mais aux Etats-Unis. Autour d'un haut comptoir d'acajou, des hommes grands et forts parlaient haut, fumaient et buvaient, tandis que deux barmen, dont un Chinois, s'affairaient à servir les whiskies et les immenses verres de bière et qu'il y avait des tas d'inscriptions à la craie sur les glaces.

— Un whisky, n'est-ce pas ?

— S'il vous plaît !

Cela changeait Popinga des brasseries des derniers

233

jours, dont il connaissait trop le décor, la boule nickelée, sur pied de fonte, pour les torchons, le petit meuble avec les Bottins, la caissière sur sa chaise à hauts pieds, les garçons en tablier blanc...

Ici, cela faisait penser à autre chose, à un voyage au long cours, à une escale dans quelque pays lointain. Kees tendit l'oreille et se rendit compte que la plupart des clients discutaient des courses de l'après-midi, tandis que le plus gros, qui avait quatre mentons et un manteau à carreaux bruns, comme sur les caricatures, prenait les paris.

— Vous êtes dans le commerce aussi ? demanda à Popinga son nouvel ami.

— Oui... Je suis dans les farines...

Il disait cela parce qu'il connaissait la question des farines, qui faisait partie de l'activité de la maison de Coster.

— Moi, je suis dans les cuirs. Une saucisse ? Oui ! Vous devez prendre une saucisse ! Je suis sûr qu'elles sont excellentes. Ici, nous sommes en Amérique, et l'Amérique fait d'excellentes saucisses...

Des gens entraient, d'autres sortaient. Une fumée épaisse entourait le bar et les murs étaient garnis de photographies de champions sportifs américains, la plupart avec des dédicaces au patron.

— C'est vraiment sympathique, n'est-ce pas ? L'ami qui m'a donné l'adresse m'a dit que c'est le coin le plus sympathique de Paris. Deux whiskies, barman !

Puis, sans transition, avec un sourire humide :

— Est-ce vrai que les Françaises sont si agréables

234

pour les étrangers? Je n'ai pas encore eu le temps d'aller voir le gai Montmartre. J'avoue que j'ai un peu peur...

— Peur de quoi?

— Chez nous, on raconte qu'il y a ici beaucoup de mauvais garçons, plus adroits que nos gangsters, et que les étrangers risquent d'être volés. Vous n'avez pas encore été volé?

— Jamais. Pourtant, je suis allé souvent à Montmartre.

— Vous avez connu des femmes?

— Oui.

— Et elles n'avaient pas un complice caché dans la chambre?

Popinga en oublia un peu les perfidies du commissaire Lucas. Ici, il était l'ancien, celui qui sait et qui donne des conseils à un débutant. Plus il regardait son compagnon et plus il le trouvait naïf, plus naïf même qu'un Hollandais.

— Leurs amis ne sont pas dans la chambre, mais les attendent dehors.

— Pour quoi faire?

— Pour rien. Pour attendre. Vous ne devez pas avoir peur!

— Vous avez un revolver?

— Jamais!

— A New York, quand j'allais pour les affaires, je portais toujours un revolver...

— Ici, nous sommes à Paris!

Les saucisses étaient bonnes. Popinga vida son verre et le retrouva plein.

— Vous êtes descendu dans un bon hôtel?

— Très bon.

— Moi, dit l'étranger, je suis descendu au *Grand Hôtel*. C'est très bien.

Et il tendit son étui à cigares, où Kees puisa sans vergogne, car, une fois au bout de tant de jours, et surtout dans ce milieu, il pouvait s'offrir le luxe de fumer un cigare.

— Vous ne savez pas où on vend des journaux américains? Je voudrais avoir les cours de la Bourse...

— Dans tous les kiosques. Il y en a un à cinquante mètres, au coin de la rue.

— Vous permettez un moment? Je reviens tout de suite. Commandez encore deux saucisses, voulez-vous?

Il n'y avait plus grand monde, car il était une heure et la plupart des clients étaient partis déjeuner. Popinga attendit cinq minutes, s'étonna de ne pas voir revenir son compagnon, puis pensa à autre chose et, quand il regarda l'horloge, il était une heure et quart.

Il n'avait pas remarqué que le barman l'observait avec attention, ni qu'il se retournait pour dire quelques mots à voix basse au Chinois.

Le whisky lui avait fait du bien. Il se sentait mieux d'aplomb. Il était encore de taille à riposter à des Lucas et à des Louis et il se promettait, l'après-midi même, d'établir un plan qui les étonnerait et qui forcerait les journaux à parler de lui sur un autre ton.

Pourquoi l'Américain ne revenait-il pas? Il n'avait

pourtant pas pu se perdre ! Popinga ouvrit la porte du bar, regarda sur le trottoir, aperçut le kiosque au coin de la rue, mais ne vit pas son compagnon.

Alors il ricana, à l'idée qu'il s'était sans doute laissé refaire et que l'autre lui avait laissé l'addition !

Un petit écœurement de plus, en somme ! Il commençait à y être habitué.

— Donnez-moi encore un whisky !

Il pouvait s'enivrer. Il était sûr que, quoi qu'il advînt, il garderait assez de sang-froid pour ne pas se trahir et pour...

Histoire de passer le temps, il fit marcher une machine automatique qui distribuait des boules de chewing-gum, puis il demanda un nouveau cigare, car il avait laissé tomber le sien, puis il regarda autour de lui et constata que le bar s'était entièrement vidé et que le Chinois déjeunait, seul, au fond de la salle, tandis que l'autre barman mettait de l'ordre dans son matériel.

Comme c'était malin d'avoir joué cette comédie pour lui faire payer quatre saucisses et quelques whiskies ! Il n'était pas riche, certes. Il avait, plus que quiconque, besoin de son argent, car, pour lui c'était pour ainsi dire une question de vie ou de mort ! Un simple détail était éloquent : quand une chemise était sale, il ne pouvait pas la faire laver, mais il devait en acheter une autre et jeter dans la Seine celle qui n'avait été portée que quelques jours et qui était pour ainsi dire neuve.

Pourquoi ne demanderait-il pas encore une saucisse, ce qui lui permettrait de ne pas déjeuner ?

L'idée lui venait aussi de passer son après-midi aux courses, ce qui lui ferait du bien, car c'était éreintant de tourner toujours en rond dans les mêmes décors.

Il allait ouvrir la bouche. Le barman l'ouvrit en même temps que lui, comme par hasard, et Popinga le laissa parler d'abord :

— Excusez-moi de vous demander ça. Vous connaissez le monsieur avec qui vous étiez ?

Que devait-il répondre ? Oui ou non ?

— Je le connais un peu... oui, un peu...

Le barman, embarrassé, continuait :

— Vous savez ce qu'il fait ?

— Il est dans les cuirs...

Le Chinois, de sa place, au fond de la salle, tendait l'oreille et Popinga comprit qu'il se passait quelque chose, hésita un instant à sortir et à s'éloigner à toutes jambes.

— Alors, il vous a eu !

— Que voulez-vous dire ?

— Je n'osais pas vous avertir, d'abord parce qu'il y avait du monde, ensuite parce que je ne savais pas si vous n'étiez pas de ses amis...

Et le barman, changeant de place une bouteille de gin, soupira :

— Si bien que, dans l'histoire, c'est encore moi qui suis refait !

— Je ne comprends pas !

— Je sais... Vous comprendrez bien assez tôt... Vous aviez beaucoup d'argent sur vous ?

— Assez !

— Cherchez votre portefeuille. Je ne sais pas dans

quelle poche vous avez l'habitude de le mettre, mais je veux parier n'importe quoi avec vous qu'il n'y est plus.

Popinga se tâta, sentit sa gorge se serrer. Comme le barman l'annonçait, son portefeuille n'était plus dans sa poche !

— Vous n'avez pas remarqué que, tout en plaisantant, il vous donnait des bourrades ? C'est un spécialiste. Il y a dix ans que je le connais. La police aussi. C'est un des plus adroits voleurs à la tire d'Europe...

Une seconde, Kees avait fermé les yeux. Pendant cette seconde-là, sa main cherchait quelque chose dans la poche de son pardessus...

Comme si le vol de tout son argent, de son seul moyen de lutter n'était pas suffisant, l'Américain lui avait volé aussi son rasoir, trompé sans doute par la forme de la boîte, qu'il avait prise pour un écrin !

Des milliers de personnes, à Paris, ce jour-là, auraient pu être victimes d'un vol à la tire. Pour la plupart, sinon pour toutes, cela n'aurait été qu'une perte d'argent plus ou moins importante.

Mais il y avait un être, un seul, dont les douze cents francs et le rasoir étaient pour ainsi dire le seul salut : Kees Popinga ! Cet homme-là, plus que tous les autres, était sur la défensive. Dès le matin, le sort lui avait montré, sous les espèces d'un article de journal, un visage grimaçant.

Puis il avait cru à une halte, à une sorte de récréation. Il avait accepté ces whiskies et ces saucisses, cette conversation qui le changeait de son sempiternel soliloque.

— J'ai failli vous avertir. Mais d'abord vous ne me regardiez pas. Ensuite, comme je vous l'ai déjà dit, je pouvais croire que vous étiez un de ses amis, peut-être un associé...

Popinga sourit vaguement au barman qui s'excusait :

— Vous avez perdu beaucoup ?

— Non... Pas beaucoup..., articula Kees en gardant le même sourire quasi angélique.

Car il n'avait perdu ni beaucoup, ni peu ! Il avait tout perdu ! Tout ce qu'un homme peut perdre, bêtement, par hasard, oui, par la faute de ce hasard qui se mettait à tricher avec lui comme la police et comme Louis avaient triché !

Il ne se décidait pas à s'en aller. Il baissait la tête, parce qu'il sentait une chaleur sous ses paupières et qu'il avait peur de laisser jaillir deux larmes.

C'était trop ! Et trop bête ! Trop gratuit !

— Vous habitez loin ?

Il sourit. Il sourit vraiment. Il en eut la force.

— Assez loin, oui...

— Ecoutez. J'ai confiance en vous. Je vais vous avancer vingt francs pour votre taxi. Je ne sais pas si vous comptez porter plainte. En tout cas, si on pouvait l'arrêter enfin, ce serait une bonne chose pour tout le monde...

Il fit oui de la tête. Il aurait voulu s'asseoir, penser, se prendre le front dans les mains, éclater peut-être de rire, ou éclater en sanglots. Ce n'était pas seulement bête : c'était répugnant, et il avait conscience de ne pas l'avoir mérité.

Qu'est-ce qu'il avait fait ? Oui, qu'est-ce qu'il avait fait ? A part...

A part une petite chose, évidemment, mais qu'il avait considérée comme légitime. D'ailleurs, il n'avait pas réfléchi. C'était par haine pour cette Rose... Une haine instinctive, puisqu'il n'avait rien de précis à lui reprocher... Il avait écrit au commissaire Lucas pour lui dénoncer la bande...

Est-ce que cela méritait, par contre-coup... ?

Il prit les vingt francs que le barman lui tendait. Il leva les yeux et ce fut son visage qu'il vit dans la glace, coupé par les inscriptions au blanc d'Espagne, un visage qui n'exprimait rien, ni peine ni désespoir, rien de rien, un visage qui ressemblait à un autre visage qu'il avait vu un jour, dix ans plus tôt, à Groningue, celui d'un homme qui avait été renversé par un tramway et dont les deux jambes avaient été sectionnées net... Le blessé ne le savait pas encore. La douleur n'avait pas eu le temps de se faire sentir. Et tandis que des gens s'évanouissaient autour de lui, il les regardait avec un étonnement incommensurable, se demandant ce qui leur arrivait, ce qui lui était arrivé à lui, pourquoi il était là, par terre, au milieu d'une foule qui poussait des cris.

— Je vous demande pardon, balbutia-t-il. Merci...

Il ouvrit la porte... Puis il dut marcher, mais il ne s'en rendit pas compte, ni de la direction qu'il prenait, ni des gens qu'il frôlait, ni du fait qu'il parlait tout seul...

On trichait ! Voilà la seule vérité lumineuse ! On trichait contre lui ! On trichait parce qu'il était trop fort, parce qu'on ne pouvait pas l'avoir autrement, en jouant franc jeu.

Le commissaire Lucas, qui n'osait pas laisser publier son portrait, trichait tout le premier et n'avait pas honte de faire des feintes de mauvais poker, et de laisser croire qu'il était à Lyon et qu'il ne savait rien des voleurs d'autos.

Louis trichait et négociait avec la police... Jeanne Rozier aussi...

D'elle, Popinga ne l'aurait pas cru. Si l'attitude des autres ne provoquait que son écœurement et son indignation, la sienne le peinait, parce qu'il avait toujours cru sentir qu'il y avait quelque chose entre eux.

La preuve, c'est qu'il ne l'avait pas tuée !

Maintenant, le hasard trichait aussi, lui envoyait cet Américain vulgaire qui n'était capable que de vider les poches de son compagnon...

Et qui ne ferait rien d'un rasoir à seize francs !

C'était trop idiot, oui !

C'était immonde...

CHAPITRE XI

*Comment Kees Popinga apprit qu'un costume de
clochard coûte dans les soixante-dix francs et comment il préféra se mettre tout nu.*

C'était peut-être encore plus éreintant de penser
que de marcher. Surtout que Popinga avait décidé de
le faire sérieusement, d'aller au fond des choses, de
les prendre depuis A jusqu'à Z, de passer en revue
tout ce qui concernait de près ou de loin Popinga.

Un méprisable commissaire Lucas et un quelconque Louis n'avaient-ils pas décidé qu'il ne penserait
plus en paix et un pickpocket jovial ne lui avait-il pas
enlevé jusqu'à la possibilité de s'asseoir ?

Car pour s'asseoir, à Paris, il faut de l'argent ! Kees
en avait été réduit, vers cinq heures, à aller penser
dans une église, où des quantités de bougies brûlaient
au pied d'un saint qu'il ne connaissait pas. Après, il
ne savait plus ce qu'il avait fait. Cela n'avait aucune
importance. Ce qui comptait, c'est qu'il pensait et
que soudain il était arrêté dans le cours de ses
pensées par le fait qu'un passant le regardait et que

243

Kees sursautait, avait envie de fuir, se raisonnait et avait toutes les peines du monde à reprendre son raisonnement.

Ou encore c'était une petite pensée de rien du tout qui venait se greffer sur les autres et qui prenait de l'importance sans raison, le détournant de l'idée principale.

Le nombre d'heures qu'il avait marché, cela ne regardait personne et il avait d'autant moins besoin d'être plaint qu'il ne se plaignait pas lui-même. Le fait, c'est qu'il n'avait pas le droit de s'arrêter de marcher! Avec ses vingt francs, il ne pouvait pas s'installer à l'hôtel. Quant aux bistrots qui restent ouverts une partie de la nuit, ce sont les endroits où on est le plus sûr de se faire prendre.

Encore, s'il avait été vêtu de loques! Il aurait pu s'abriter sous la pile d'un pont; mais un clochard en vêtements aussi confortables que les siens aurait paru suspect.

Il marchait! On ne se méfie pas de quelqu'un qui marche et qui a l'air d'aller quelque part. Seulement, lui n'allait nulle part, et de temps en temps, quand il était sûr d'être seul dans une rue, il s'arrêtait sur un seuil.

Où en était-il de ses pensées? Et voilà une nouvelle qui le distrayait encore, une pensée ou plutôt une sensation.

Cela ressemblait à la naissance de Frida!

Pourquoi? il aurait eu de la peine à le dire. Il longeait la Seine, très loin, peut-être déjà hors de Paris. Il y avait, au bord de l'eau, des usines immenses dont on voyait toutes les vitres illuminées, tandis que les cheminées éclairaient le ciel d'un halo de feu.

Il pleuvait, une pluie qui tombait en diagonale. Peut-être était-ce cela, car, lors de la naissance de sa fille, il pleuvait aussi. C'était en été, mais la pluie formait les mêmes hachures. Et il devait être à peu près la même heure. Non, puisque c'était l'été et que le soleil se levait plus tôt. Peu importait ! Il ne faisait pas encore jour et Popinga était allé se promener devant la maison, sous la pluie, tête nue, les mains dans les poches, en regardant les fenêtres au premier étage. Dans le quartier ouvrier, au-delà du pont, d'autres fenêtres s'étaient éclairées et il avait imaginé des gens mal éveillés, qui se lavaient...

Qu'est-ce que cela pouvait lui faire ? Il avait à prendre une décision capitale et il se laissait distraire par ces choses, s'arrêtait même pour regarder le fleuve, qui avait l'air de se diviser en deux, et un canal qui s'amorçait.

Puis la berge redevenait déserte. Puis il y avait de hautes maisons tristes dont les fenêtres s'éclairaient et un bistrot où le patron frileux allumait le percolateur.

Il haussa les épaules. C'était toujours pareil ! Evidemment, il pouvait entrer, s'approcher du comptoir avec l'air de rien, assommer l'homme quand il se retournerait et fuir avec la caisse.

Mais, pour cela, il n'y avait pas besoin d'être Kees Popinga.

Non ! Ce n'était plus la peine de penser à ces

choses. Il les avait examinées une à une tout l'après-midi, il avait étudié tout ce qu'il pourrait faire et maintenant c'était comme une ardoise que l'éponge humide a effacée.

Il était trop tard. En somme, il avait toujours été trop tard, parce qu'il était mal parti !

Il était plus intelligent que Landru, que tous les autres dont on a parlé pour vanter leurs exploits, mais les autres s'étaient préparés à cela, avaient pris leurs dispositions en conséquence, ce qu'il aurait été capable de faire s'il l'avait voulu.

Encore n'était-ce pas sa faute... Si Paméla n'avait pas ri de ce rire hystérique... A part cela, il était persuadé qu'il n'avait commis aucune erreur, il faudrait bien qu'on le reconnaisse un jour.

Des groupes d'hommes passaient, qui se dirigeaient vers la grande usine, et Popinga était obligé de s'observer pour ne pas attirer l'attention, car, maintenant, il n'avait plus le droit de se faire prendre.

Il avait un travail à accomplir... Après, cela irait vite... Mais, en attendant, il devait tenir bon, éviter coûte que coûte de se trahir...

Or, il est difficile à un homme qui marche dans la pluie depuis dix heures et plus de ne pas attirer l'attention.

Il valait mieux continuer de marcher, traverser Ivry, puis Alfortville. Il ne faisait pas encore jour et l'aube ne commença que quand il se trouva dans une sorte de campagne, au bord de la Seine, où il y avait des bittes d'amarrage.

L'eau était jaune, le courant rapide et on voyait flotter des branches et des épaves. Cent mètres plus loin, se dressait une maison basse dont le rez-de-chaussée était éclairé, et Popinga lut sur l'enseigne : *A la Carpe hilare*. Il ne comprit pas du tout, d'abord. Il dut réfléchir, puis, quand il eut compris, il haussa les épaules. C'était tellement saugrenu d'appeler hilare une carpe qui est précisément un poisson à toute petite bouche !

La maison était entourée de tonnelles ou plutôt de montants de fer qui, l'été, devaient devenir des tonnelles, et une dizaine de barques étaient tirées sur la berge.

Popinga passa d'abord une fois avec l'air de rien, pour se rendre compte, vit une brave femme qui tisonnait le poêle, dans un café assez vaste, tandis qu'un homme, le patron sans doute, cassait la croûte à une table couverte de toile cirée brune.

Il se décida, prit un air presque jovial et lança en entrant :

— Un vilain temps, n'est-ce pas ?

La femme tressaillit et il fut sûr qu'elle avait eu peur, qu'elle avait envisagé la possibilité d'une agression. D'ailleurs, elle continuait à l'observer avec méfiance tandis qu'il venait s'asseoir près du poêle et qu'il disait :

— On peut avoir une tasse de café ?

— Bien sûr, qu'on peut !

Un chat était roulé en boule sur une chaise.

— On pourrait avoir aussi un peu de pain et de beurre ?

247

Ces gens ne savaient pas à qui ils avaient affaire et ils se doutaient bien peu que le lendemain...

Il mangea, et pourtant il n'avait pas faim. Puis, alors qu'il faisait tout à fait jour et qu'on éteignait l'électricité, il demanda s'il pourrait avoir de quoi écrire.

Enfin il se trouva installé devant du mauvais papier quadrillé comme on en vend dans les épiceries de village et, après avoir regardé par la fenêtre le tronçon de fleuve maussade, il écrivit :

Monsieur le rédacteur en chef,

Comme votre journal l'a annoncé hier, un certain commissaire Lucas, qui répète depuis quinze jours que mon arrestation n'est qu'une question d'heures, a relâché des malfaiteurs de droit commun et des repris de justice pour les lancer à ma poursuite.

Voulez-vous avoir l'obligeance de publier cette lettre qui mettra fin à une chasse inutile et à une situation sang gloire ni prestige ?

C'est la dernière fois que je vous écris et la dernière fois aussi que l'on entendra parler de moi.

J'ai en effet trouvé le moyen de réaliser le but que je me proposais en quittant Groningue et en rompant avec les règles communes.

Quand vous recevrez cette lettre, je ne m'appellerai plus Kees Popinga et je ne serai plus dans la situation d'un criminel qui fuit la police.

J'aurai un nom honorable, un état civil indiscutable et je ferai partie de cette catégorie de gens qui peuvent tout se permettre parce qu'ils ont de l'argent et du cynisme.

Excusez-moi de ne pas vous dire si c'est à Londres, en Amérique ou tout simplement à Paris que s'exercera mon activité, mais vous comprendrez que la discrétion m'est indispensable.

Qu'il vous suffise de savoir que je traiterai de grosses affaires et qu'au lieu de m'adresser à des Paméla ou à des Jeanne Rozier, je choisirai mes maîtresses officielles parmi les vedettes du théâtre ou du cinéma.

Voilà, monsieur le Directeur, ce que je voulais vous dire et, si je vous ai réservé la primeur, c'est que votre collaborateur Saladin, à qui j'en ai voulu un certain temps, m'a été très utile par son article d'hier.

Laissez-moi vous répéter — et je sais ce que je dis — que, quand vous recevrez cette lettre, je serai rigoureusement inattaquable et que M. Lucas en sera réduit à clore son enquête, qu'il a si brillamment et si élégamment menée...

J'aurai prouvé ainsi qu'avec sa seule intelligence, un homme, simple employé tant qu'il a suivi les règles du jeu, peut prétendre à n'importe quelle situation dès qu'il reprend sa liberté.

Recevez, monsieur le Directeur, les salutations empressées de celui qui signe pour la dernière fois.

KEES POPINGA.

Il faillit ajouter par ironie : *paranoïaque.* Puis, comme le patron était debout devant la porte vitrée, à regarder tomber la pluie, et comme Popinga apercevait les petites barques peintes en vert, il éprouva le besoin de lancer :

— J'ai un bateau aussi !

— Ah ! fit l'autre, poliment.

— Seulement, c'est un modèle très différent. Je ne crois pas que vous connaissiez cela en France...

Il expliqua comment son embarcation était construite, tandis que la patronne apportait des seaux pour commencer le grand nettoyage.

Le plus extraordinaire, c'est que c'est en parlant ainsi du *Zeedeufel* qu'il sentit soudain une cuisson à ses paupières et qu'il dut détourner la tête. Il voyait son bateau, pimpant comme un jouet, au bord du canal, et soudain...

— Qu'est-ce que je vous dois ?... A propos... Quel moyen ai-je de me rendre à Paris ?

— Vous avez le tramway, à cinq cents mètres d'ici.

— Et Juvisy, c'est loin ?

— Il faut prendre le train à Alfortville. Ou alors passer par Paris et prendre l'autobus...

Il avait de la peine à s'en aller. Il regardait la table où il venait d'écrire, ce poêle et le chat repu de chaleur sur une chaise de paille, cette vieille qui se mettait à genoux pour laver le sol, et l'homme qui fumait une pipe courbe et qui portait un chandail bleu comme les mariniers.

« *La Carpe hilare...* », se répéta-t-il.

Il aurait bien voulu leur dire quelque chose, leur laisser entendre qu'ils venaient d'assister, sans le savoir, à un événement capital, leur recommander de lire avec attention les journaux du lendemain.

Il s'attardait. Il aurait voulu aussi un verre d'alcool, mais il devait ménager ses vingt francs.

— Je m'en vais..., soupira-t-il.

Et les gens n'attendaient que cela, car ils le trouvaient bizarre.

Son idée, au début, avait été un peu différente. Il avait projeté de gagner Juvisy à pied, en longeant la Seine, sans se presser, car il avait toute la journée devant lui. Mais, ce qui prouvait qu'il avait son sang-froid, c'est qu'il venait de penser, tout en écrivant la lettre, que si elle portait le timbre d'une localité proche de Juvisy, on établirait un rapprochement et que la missive ne servirait plus à rien.

Il valait mieux rentrer à Paris. Il prit le tramway et les secousses lui firent mal au cœur, comme cela arrive quand on est très fatigué. Près du Louvre, il acheta un timbre et jeta sa lettre dans la boîte, après l'avoir tenue un bon moment en suspens au-dessus du vide.

Désormais, il n'avait plus besoin de penser. Il lui suffisait de réaliser ce qu'il avait décidé, point par point, sans commettre de fautes.

Il pleuvait toujours. Paris était gris, sale et confus comme un cauchemar, peuplé de gens qui ne devaient pas savoir où ils allaient, de rues, aux environs des Halles, où on glissait sur des déchets de légumes, et de vitrines remplies de souliers. C'était la première fois qu'il remarquait le nombre considérable de magasins de chaussures, avec des centaines de paires aux étalages !

Il aurait peut-être pu dire dans sa lettre que...

Mais non ! Pour qu'on le crût, il ne fallait pas trop en mettre. D'ailleurs, il était trop tard. Trop tard pour tout ! Il n'avait même pas eu le courage de prendre les vêtements de l'homme !

Car il avait besoin de vêtements, coûte que coûte. Et la nuit, quelque part, tout près d'un pont de métro, il avait trouvé un ivrogne endormi sur un banc.

Il lui aurait suffi de l'étourdir d'un coup sur la tête et de le déshabiller. Qu'est-ce que cela pouvait lui faire ? L'homme avait vomi. Un litre vide traînait près de lui.

Popinga était sûr qu'il n'avait pas eu pitié. Ce n'était pas cela. Lui seul pouvait se comprendre : il était trop tard, voilà tout !

Même s'il s'y était pris dès le début, il savait maintenant que cela n'aurait pas pu réussir. Un journal avait donné la clef du drame et, en le lisant, Kees ne l'avait pas remarqué, avait mis cet article avec les autres dans sa poche, en le classant parmi ceux sans intérêt.

Il est évident, disait le rédacteur, qui signait Charles Bélières, *que l'on se trouve en présence d'un amateur...*

A présent, il avait compris ! Il avait compris quand le barman lui avait annoncé qu'il était délesté de son portefeuille ! *Il était un amateur !* Voilà pourquoi le commissaire Lucas le traitait avec mépris. Voilà pourquoi les journalistes ne le prenaient pas au sérieux, pourquoi Louis ameutait tout le « milieu » contre lui.

Un amateur !... Il n'aurait tenu qu'à lui de devenir autre chose, mais alors il aurait fallu s'y prendre plus tôt, et surtout autrement...

Pourquoi se donnait-il encore la peine de penser, puisque c'était fini ? Il ne fallait pas. Cela lui barbouillait l'esprit comme il avait déjà l'estomac barbouillé, et il ne devait pas oublier les vêtements. Pour cela, il lui fallait trouver une rue qu'il avait découverte la semaine précédente, une rue étroite, derrière le Crédit municipal, où l'on vendait des tas de choses d'occasion.

Il pataugeait dans un drôle de quartier, traversait la rue des Rosiers qui lui rappelait Jeanne — qu'est-ce qu'elle allait dire ? — puis avait un instant l'idée de revendre sa montre. A quoi bon ? Que lui donnerait-on d'une montre qu'il avait achetée quatre-vingts francs ?

Il ne fallait pas devenir douillet, ni rouler les yeux blancs devant les bistrots comme un enfant à qui on refuse un bonbon. L'alcool ne changerait rien ! Ce qui comptait, c'était sa lettre, et il s'en répétait les phrases, décidait qu'en fin de compte elle n'était pas trop mal réussie, encore qu'il eût oublié plusieurs détails.

Quel titre allait-on mettre ? De quels commentaires la ferait-on suivre ?

Surtout, il ne devait pas continuer à se regarder dans les glaces des devantures. C'était ridicule. Cela pouvait attirer l'attention. Et, surtout, cela finissait par l'apitoyer sur lui-même !

Il fallait marcher... Voilà ! Maintenant, il était rue

des Blancs-Manteaux et c'est cette petite boutique à droite qu'il avait remarquée l'autre semaine.

L'important était d'avoir l'air naturel, de parvenir à sourire.

— Pardon, madame...

Car c'était une vieille dame qui se dressait parmi les hardes dans le fond de la boutique.

— ... Je voudrais savoir... J'avais pensé, pour un bal costumé, me travestir en clochard. C'est amusant, n'est-ce pas?

Or, un miroir encadré de bambou, lui renvoyait l'image de Popinga blafard, peut-être de fatigue.

— Qu'est-ce que ça coûte, un vieux costume comme celui-ci?

C'était un complet plus usé encore que ceux que *maman,* à Groningue, réservait à un vieux pauvre qui passait tous les ans, à Pâques.

— Je vous le ferai cinquante francs, quoi!... Remarquez qu'il est encore très bon... La doublure a été remplacée...

Ce fut un des grands événements de sa vie. Il n'avait jamais pensé qu'un vieux costume pût valoir aussi cher, et on lui demandait en outre vingt francs d'une paire de chaussures informes.

— Merci... Je vais réfléchir... Je reviendrai.

Elle le rattrapa dans la rue pour lui lancer :

— Venez! Je vous laisserai le tout pour soixante francs, parce que c'est vous... Et je vous donnerai une casquette par-dessus le marché!...

Il fuyait, le dos rond. Il n'avait pas soixante francs non plus, ni cinquante. Tant pis! Il s'y prendrait autrement. Il avait déjà son idée, qui amenait à ses lèvres un sourire sarcastique parce que, cette fois, par la faute du sort, les événements allaient dépasser l'imagination.

Il irait jusqu'au bout. Jusqu'au bout de son idée et de la logique !

— Tant pis pour...

Il se ressaisit à temps. Il n'avait pas le droit de parler tout seul dans la rue. Au point où il en était, c'eût été stupide de se faire prendre.

Il marcha... Il entra encore dans une église, mais on y célébrait un mariage et il préféra s'en aller...

— Vous ne pouvez pas vous garer, imbécile ?

L'imbécile, c'était lui, qui avait failli se faire renverser par une auto ! Il ne se retourna même pas !

Est-ce que cela n'aurait vraiment rien donné de se laisser prendre, de refuser un avocat et de se lever posément, en plein tribunal, l'air calme et digne, d'ouvrir un dossier, de commencer d'une voix feutrée :

— *Vous avez tous cru que...*

Trop tard ! Il devait éviter de revenir ainsi en arrière à chaque instant. Dès ce soir, le journal serait en possession de sa lettre et son premier soin serait de la transmettre au commissaire Lucas.

Drôle de fatigue, qui ressemblait à la gueule de bois ! En même temps, il était lucide sans l'être. Ainsi, il ne voyait les passants que comme des ombres et il lui arrivait de les heurter, de bafouiller des excuses, de repartir précipitamment ; mais il n'oubliait aucun détail de ce qu'il avait décidé et il trouva parfaitement le chemin de la porte d'Italie, se renseigna de l'heure et du prix des autobus pour Juvisy.

Son billet pris, il lui resta huit francs cinquante et il se demanda s'il mangerait ou s'il boirait, finit par faire les deux, mangea deux croissants avec du café, puis avala un verre d'alcool, après quoi il ne pouvait plus être question de revenir en arrière, ni de boire, ni de manger une autre fois.

Personne ne s'en doutait. Le garçon le servait comme un homme normal et quelqu'un même lui demandait du feu !

Dans l'autobus, vers cinq heures de l'après-midi, il était assis avec les gens qui ne se rendaient compte de rien.

Or, s'il l'avait voulu quelques jours plus tôt, quand il avait encore de l'argent, il aurait pu s'installer dans un autobus avec une bombe et faire sauter le véhicule ainsi que tout ce qu'il y avait dedans ! Il aurait pu faire dérailler un train, ce qui n'est pas difficile !

S'il était là, maintenant, c'était de son plein gré, parce qu'il considérait qu'il était trop tard et qu'au fond il avait trouvé une solution encore meilleure.

Tout le monde enragerait ! Quant à Jeanne Rozier... Qui sait ? Il avait toujours pensé qu'elle était amoureuse de lui sans le savoir... Désormais, elle le serait d'autant plus et Louis lui apparaîtrait comme un bien piètre individu...

Il reconnut la descente raide, les premières maisons de Juvisy, descendit de la voiture et se sentit les jambes si molles qu'il resta un moment avant d'oser marcher.

Un détail le déroutait. Il apercevait le garage *Goin et Boret* et il voyait de la lumière dans les chambres, au premier étage. Est-ce qu'on avait relâché Goin aussi? C'était improbable. Les journaux en auraient parlé. D'ailleurs, si Goin avait été là, il y aurait eu de la lumière dans le garage.

Non! c'était Rose, sans doute, qu'on avait mise en liberté provisoire! Cette pensée faillit faire tout rater, car Popinga devait résister au désir d'entrer, de lui faire peur et peut-être...

Seulement, dans ce cas-là, rien n'existait plus, ni la lettre, ni le reste! De même n'avait-il pas le droit d'entrer dans le bistrot où il avait joué à la machine à sous et où il voyait, derrière les vitres embuées, des hommes en tenue de cheminot.

Peut-être avait-il eu tort de manger. Peu de chose, pourtant. Mais cela lui barbouillait quand même l'estomac. Il longeait des rues désertes, contournait la gare par le passage à niveau et voyait de loin, éclairée, la fenêtre qui avait été la sienne et par laquelle il avait fui le garage.

S'il ne se dépêchait pas, il risquait de manquer de courage. L'heure importait peu, du moment qu'il faisait noir. Ce qu'il fallait trouver avant tout, c'était la Seine, et Popinga s'apercevait qu'il s'était fait des lieux une idée fausse, car il avait beau marcher le long du chemin de fer, il n'apercevait toujours pas le fleuve.

Il traversait des terrains vagues, des potagers, puis

des sablières désaffectées où il faillit tomber dans l'eau d'une fosse. C'était peut-être à cause de la fatigue que le chemin lui semblait si long ? Non, pourtant, puisqu'il voyait des groupes de lumières qui étaient des villages ou des lotissements et qu'il pouvait ainsi mesurer la distance parcourue.

Des trains passaient. Il sursautait et regardait de l'autre côté, puis il murmurait à mi-voix :

— Ce n'est rien, n'est-ce pas ?

Puis il s'essuyait le visage sous prétexte qu'il pleuvait, mais il savait bien que des gouttes salées atteignaient le coin de ses lèvres.

Il rencontra une carriole tirée par un cheval qui trottinait. De loin, on n'en voyait qu'une lanterne ; de près, il distingua, sous une épaisse couverture, deux êtres, un homme et une femme, blottis l'un contre l'autre, et il imagina qu'il percevait la chaleur des deux corps hanche à hanche....

— Ce n'est rien, n'est-ce pas ?

N'empêche que, pour soixante francs, il aurait eu un costume ! Il découvrit enfin la Seine, non loin d'un pont que traversaient les voies de chemin de fer, et il eut l'impression qu'il avait parcouru plusieurs kilomètres.

Sa montre était arrêtée, une fois de plus. C'était une mauvaise montre, ce qui n'avait plus d'importance.

Dire qu'il ne savait pas au juste le sens du mot *paranoïaque* !

Il faisait froid. Encore une méchanceté du sort ! Et il était bien forcé de retirer ses souliers, qui portaient une marque de Groningue et même ses chaussettes, que sa femme aurait pu reconnaître. Il le fit, sur un talus où poussaient des arbustes à épines. Puis il enleva son veston, son gilet, son pantalon et frissonna.

Tout ce qu'il pouvait garder, parce qu'il l'avait achetée à Paris, c'était sa chemise, mais il trouva que c'était ridicule et il s'en débarrassa aussi.

Après quoi, il mit son pardessus et resta un long moment immobile, à regarder l'eau qui coulait à quelques mètres.

Il faisait vraiment froid. Surtout que ses pieds nus étaient dans une flaque d'eau! Il valait mieux faire vite, puisqu'il faudrait quand même en venir là et, avec des gestes maladroits, il s'approcha du fleuve, et y jeta ses vêtements.

Ensuite, il remonta sur le talus, les lèvres tremblantes, et au moment où il atteignait les voies, non loin d'un feu vert dont il ignorait la signification, il se passa quelque chose d'extraordinaire.

Alors que, jusque-là, il avait été poussé par une espèce de fièvre intérieure, il devenait calme, brusquement, d'un calme tel qu'il n'en avait jamais connu de pareil.

En même temps, il regardait autour de lui et il se demandait ce qu'il faisait là, tout nu sous un pardessus bleu, à faire de l'équilibre sur les traverses pour ne pas se blesser les pieds au ballast.

Ses cheveux étaient mouillés, son visage mouillé. Il grelottait et il contemplait avec ahurissement le

fleuve qui emportait ses vêtements, de bons vêtements qui lui appartenaient, à lui, Kees Popinga !

A lui qui possédait une maison dans le meilleur
quartier de Groningue, un poêle du modèle le plus
perfectionné, des cigares sur la cheminée et un
excellent appareil de T.S.F. de près de quatre mille
francs !

Si cela n'avait pas été si loin, il aurait peut-être
essayé de rentrer chez lui, sans bruit, en passant par
la fenêtre de la cuisine, et le lendemain il aurait
murmuré :

— Ce n'était rien, n'est-ce pas ?

Qu'est-ce qu'il avait fait, en définitive ? Il avait
voulu...

Non ! Il ne fallait plus qu'il pensât, il ne fallait à
aucun prix réfléchir à ces choses-là, puisque la lettre
était partie.

Tant pis ! C'était fini ! Il avait déjà raté un train,
sur une voie, et il ne devait pas rater l'autre, sans
compter qu'un employé pourrait le découvrir, car il
avait remarqué que des employés se promenaient le
long des voies avec une lanterne.

N'empêche que c'était bête... Il n'en pouvait
rien... C'était bête, mais il se coucha en travers de la
voie de droite et posa sa joue sur le rail...

Le rail était glacé et Popinga commença à pleurer
doucement en guettant l'obscurité, tout au bout de
l'obscurité, où il verrait tout à l'heure une petite
lueur apparaître...

Après, il n'y aurait plus de Popinga... Personne ne
saurait jamais, puisqu'il n'aurait même plus de

tête!... Et tout le monde croirait, puisqu'il l'avait écrit, que...

Il faillit se redresser d'une détente, car il entendait un halètement et il avait trop froid, il sentait le train qui allait apparaître au tournant et...

Il s'était dit qu'il fermerait les yeux. Or, le train apparaissait et il les gardait ouverts, il ramassait ses jambes, écarquillait les pupilles, le souffle coupé, encore que sa bouche fût ouverte.

La lumière s'approcha avec le vacarme et soudain le vacarme se fit plus fort que ce qu'il avait entendu jusqu'alors, au point qu'il pensa qu'il était peut-être mort.

Pourtant, il entendait des voix, puis rien d'autre, et alors seulement il se rendit compte qu'un train s'était arrêté sur l'autre voie, que deux hommes dégringolaient de la machine, que des vitres se baissaient.

Il se leva. Il ne sut pas comment. Il ne sut pas non plus comment il courait, mais il entendit nettement un des mécaniciens qui criait :

— Attention! Le voilà qui se défile!

Ce n'était pas vrai. Il ne pouvait plus marcher. Il s'était jeté derrière un buisson, mais d'autres gens marchaient autour de lui et quelqu'un lui sauta brusquement dessus, comme sur une bête dont on a peur, et lui tordit les deux poignets.

— Attention à la voie descendante!...

Pour lui, c'était fini. Il ne se rendait pas compte qu'un express passait enfin sur la voie qu'il avait choisie, ni qu'on l'emmenait dans un compartiment de deuxième classe, en compagnie d'un homme, d'une femme et du chef de train.

Tant pis pour eux ! Cela ne le regardait plus !

CHAPITRE XII

Comme quoi ce n'est pas la même chose de mettre un pion noir dans une tasse de thé que dans un verre à bière.

Tant pis pour eux ! Quant à lui, il ne bronchait pas et, drapé dans son pardessus, il longeait les quais de la gare de l'Est entre deux haies de curieux qui se bousculaient et qui échangeaient des plaisanteries.

Il était très digne, indifférent à cette basse curiosité et, dans le bureau du commissaire de la gare, il ne se départit pas de son calme, dédaigna de répondre aux questions qu'on lui posait, se contenta de regarder ses interlocuteurs comme s'ils eussent été des objets plus ou moins inattendus.

Du moment qu'il était évident, une fois pour toutes, qu'ils ne comprendraient jamais !

Il dut dormir, sur une espèce de canapé étroit et dur. Puis on le réveilla pour lui passer les vêtements d'un contrôleur, qui étaient trop étroits pour lui et dont il ne pouvait boutonner la veste, ce qui lui était parfaitement égal.

Il faisait presque jour quand on lui apporta une paire de pantoufles en feutre, à semelles de cuir, car on n'avait pas trouvé de chaussures à sa pointure.

Et c'étaient toujours les autres qui étaient impressionnés ! Ils le regardaient avec une sorte de respect craintif, comme s'il eût acquis le pouvoir de leur jeter un sort !

— Vous ne voulez décidément pas dire qui vous êtes ?

Mais non ! Ce n'était pas la peine. Il se contentait de hausser les épaules.

On le fit monter en taxi et il reconnut le Palais de Justice, dans une des cours duquel on pénétra. Puis, ce fut une cellule assez claire et un lit. Plus tard, après qu'il eut encore dormi, un petit bonhomme très agité, à barbiche grise, le tripota tout en lui posant un tas de questions.

Popinga ne répondait pas. Pourtant, il ne savait pas encore. Il fallut que quelqu'un criât dans les couloirs :

— Monsieur le professeur Abram !... On demande le professeur Abram au téléphone...

C'était l'inventeur du *paranoïaque,* qui répondait à l'appel et s'en allait après avoir refermé soigneusement la porte.

Qu'est-ce que cela pouvait faire à Popinga d'être à l'infirmerie spéciale du Dépôt ou ailleurs ? Tout ce qu'il aurait pu désirer, c'était un peu de tranquillité, car il se sentait capable de dormir deux jours, trois jours, peut-être quatre d'affilée, de dormir n'importe où, sur un banc ou par terre.

Du moment que c'était fini...

Il n'avait plus ni montre, ni rien. On lui avait fait boire du lait chaud. En attendant que le professeur revînt, il se coucha et cela dura peut-être longtemps, car il dormit, puis, quand on l'éveilla, ce n'était plus l'Abram, mais un type quelconque, en civil, qui lui passa des menottes et l'entraîna à travers tout un labyrinthe de couloirs et d'escaliers, jusqu'à un bureau qui sentait la pipe.

— Vous pouvez nous laisser.

Par la fenêtre, on voyait couler la Seine, qui était jaune. Un homme banal, un peu gras, un peu chauve, était assis, faisait signe à Popinga de s'asseoir aussi.

Et Popinga, docile, obéissait, se laissait regarder et tâter sans manifester la moindre impatience.

— Oui... grognait son interlocuteur en l'observant de loin, puis de près, puis dans les yeux.

Et soudain, il prononça :

— Quelle idée vous a passé par la tête, monsieur Popinga ?

Il ne broncha pas. Peu lui importait de savoir si son compagnon était ou non le fameux commissaire Lucas. Peu lui importait aussi que la porte s'ouvrît et qu'une femme en manteau de petit-gris entrât, s'arrêtât net et dît d'une voix haletante :

— C'est bien lui... Mais comme il a changé !

Et après ? A qui le tour ?

Les autres faisaient leurs petites affaires devant lui, sans se gêner. Lucas dressait un procès-verbal que

Jeanne Rozier signait en jetant des regards anxieux à Popinga.

Après ? Est-ce que Louis, Goin, les autres, y compris la Rose, allaient défiler ?

Si seulement on le laissait dormir ! Qu'est-ce que cela changerait pour eux, puisqu'ils pourraient venir le contempler et même le tâter tout à leur aise ?

Il resta seul, puis il vint encore des gens, puis on le laissa à nouveau seul, puis on le redescendit dans sa cellule, où il put enfin s'étendre.

Comme s'il allait être assez bête, maintenant, pour leur déclarer qu'il n'était pas fou !

Du moment que la partie était jouée...

Peut-être aurait-on pu éviter de lui faire parcourir deux ou trois fois par jour tous les corridors et tous les escaliers du Palais de Justice pour l'emmener chez le commissaire Lucas où, dans l'ombre, se tenaient des personnes différentes à qui on disait :

— Vous le reconnaissez ?

— Non... Ce n'est pas lui... Il était plus petit...

On lui présenta aussi ses lettres.

— Vous reconnaissez que c'est votre écriture ?

Il préféra grommeler :

— Je ne sais pas.

On aurait pu aussi lui acheter un costume à sa mesure et des chaussettes, car il était toujours sans chaussettes ! Et les gens qui, dans un drôle de local, tout là-haut, lui prirent ses photographies et ses empreintes auraient pu ne pas le laisser un quart d'heure tout nu dans une sorte d'antichambre !

Mais, à cela près...

266

Popinga s'habituait si bien qu'il ne broncha pas le jour de la leçon. Pourtant, il ne s'y attendait pas. On ne l'avait pas prévenu. On l'avait emmené dans une petite pièce où il y avait deux ou trois types manifestement fous qui attendaient. On venait en chercher un de temps en temps, tous les quarts d'heure à peu près, et on ne le revoyait plus. Chacun son tour !

Popinga était resté le dernier. Enfin, on vint le chercher aussi et il se trouva sur une estrade où se dressait un tableau noir et où s'agitait le minuscule professeur Abram. Au pied de l'estrade, dans une salle pas très éclairée, une trentaine de personnes étaient installées, qui prenaient des notes, des étudiants et aussi des gens pas assez jeunes pour être encore des étudiants.

— Avancez, mon ami... N'ayez pas peur... Je voudrais que vous répondiez simplement aux quelques questions que je vais vous poser.

Kees était bien décidé à ne pas répondre. Il n'écoutait pas ! Il entendait le professeur Abram parler de lui en des termes beaucoup plus compliqués encore que *paranoïaque,* tandis que les autres écrivaient fiévreusement. Quelques messieurs s'approchèrent pour le regarder de plus près et l'un d'eux, avec un instrument, prit ses mensurations crâniennes.

Et après... C'étaient quand même eux les imbéciles ! Alors ?

Ils eurent aussi l'idée de l'emmener au parloir et, à travers une grille, de le mettre brusquement en

267

présence de *maman* qui avait cru nécessaire de s'habiller tout en noir comme une veuve.

— Kees !... s'écria-t-elle en joignant les mains. Kees !... Est-ce que vous me reconnaissez ?...

Sans doute parce qu'il la regardait tranquillement, elle poussa un cri et s'évanouit...

Qu'est-ce qu'ils pouvaient encore inventer ? Raconter dans les journaux ? Peu importait, puisque Popinga ne les lisait pas !

D'autres gens, qui devaient être des aliénistes, vinrent le voir et il finissait par les reconnaître, parce qu'ils posaient toujours les mêmes questions.

Quant à lui, il avait trouvé un truc. Il les regardait dans les yeux, avec l'air de se demander ce qu'ils avaient à s'agiter ainsi, et ils n'insistaient pas long-temps.

Dormir !... Puis manger, et encore dormir, et rêver de choses pas très nettes qui étaient souvent agréa-bles...

Un jour, on lui apporta un complet neuf et *maman* avait dû s'en occuper, car il était presque à sa taille. Le lendemain, on le fit monter dans une voiture cellulaire qui s'arrêta devant une gare. Ensuite, avec deux messieurs en civil, il prit place dans un train.

Les deux messieurs paraissaient inquiets, alors que Kees, au contraire, trouvait le changement amusant. On avait fermé les rideaux, mais il y avait des fentes et il voyait les gens passer et repasser dans les couloirs avec l'espoir de l'apercevoir.

— Vous croyez qu'on pourra revenir cette nuit ?

— Je ne sais pas. Cela dépendra de ceux qui viendront en prendre livraison.

Ses deux compagnons finirent par jouer aux cartes et lui offrirent des cigarettes qu'on lui mettait dans la bouche d'un geste négligent, comme s'il n'eût pas été capable de le faire lui-même.

Tout le monde, par les journaux, devait savoir ce qui se passait, sauf lui, mais cela lui était indifférent.

Il eut même un sourire, quand on passa la douane belge, puis la douane hollandaise, parce qu'il suffit d'un mot des deux hommes aux douaniers pour qu'on ne visitât pas le compartiment.

Après la douane hollandaise, d'ailleurs, un gendarme prit place dans le coupé, mais, comme il ne parlait pas le français, il se contenta de lire les journaux dans un coin.

Par la suite, il y eut encore beaucoup d'allées et venues, et même des photographes embusqués à la gare et dans les couloirs du Palais de Justice d'Amsterdam ; Popinga restait calme et se contentait de sourire, ou de répondre aux questions :

— Je ne sais pas.

Il y eut aussi un Abram hollandais, beaucoup plus jeune que celui de Paris, qui lui fit une prise de sang, le passa aux rayons X, l'ausculta pendant plus d'une heure tout en parlant tout seul, si bien qu'il fallait se retenir pour ne pas rire.

Après quoi, cela dut être fini. Les gens du dehors le savaient, mais lui pas. On avait dû le considérer comme définitivement fou, puisqu'on ne lui donnait pas d'avocat et qu'on ne lui parlait pas de la Cour d'Assises.

Au contraire! Il était installé dans une grande maison de briques, dans la banlieue d'Amsterdam. Par les fenêtres grillagées, il apercevait un terrain de football où on jouait tous les jeudis et tous les dimanches.

La nourriture était bonne. On le laissait dormir presque autant qu'il voulait. Puis on lui faisait faire des exercices et il s'y appliquait de son mieux.

Il était seul dans une petite chambre blanche, à peine meublée, et le plus ennuyeux c'était de devoir tout manger avec une cuiller, car on ne lui donnait ni couteau, ni fourchette.

Mais qu'est-ce que cela pouvait faire? C'était plutôt amusant! Ils le prenaient tous pour un fou!

Ce qui était sinistre, par contre, c'étaient certains cris qui éclataient la nuit dans d'autres chambres, suivis de bruits confus. Quant à lui, il ne criait jamais. Il n'était pas assez bête pour cela.

Le docteur avait à peu près le même âge que lui et portait, lui aussi, des complets gris et des lunettes à monture d'or. Il venait une fois par jour, tout rond, tout cordial.

— Alors, mon ami, on a passé une bonne nuit? Toujours le cafard? Vous verrez que vous vous y ferez! Vous avez une santé superbe et vous surmonterez cela rapidement. Laissez-moi prendre votre pouls...

Popinga tendait docilement son poignet.

— Parfait ! Parfait !... Encore un peu de mauvaise volonté, mais cela passera. J'en ai vu d'autres...

Enfin, il y eut, au parloir, en présence d'un infirmier, la visite de Mme Popinga. A Paris, elle n'avait rien pu dire, parce qu'elle avait fondu en larmes, puis qu'elle s'était évanouie. Ici, elle devait avoir fait une provision d'énergie.

Elle portait une robe qu'elle mettait jadis pour aller à son œuvre des Layettes, une robe sombre et très simple, sans décolleté.

— Tu m'entends, Kees ? Je peux te parler ?...

Il fit signe que oui, par pitié pour elle plutôt que pour autre chose.

— Je ne pourrai venir te voir que tous les premiers mardis du mois... Il faut d'abord que tu me dises s'il ne te manque rien...

Il fit signe que non.

— Tu es très malheureux, n'est-ce pas ?... Mais nous le sommes aussi... Je ne sais pas si tu comprends, si tu t'imagines tout ce qui a pu se passer... Je suis venue la première à Amsterdam et j'ai trouvé une place à la biscuiterie de Jonghe... Je ne gagne pas beaucoup, mais je suis bien considérée...

Il eut la force de ne pas sourire, encore qu'il pensât que la biscuiterie de Jonghe distribuait, elle aussi, des chromos à coller dans des albums, ce qui était l'affaire de sa femme !

— J'ai retiré Frida de l'école et elle n'a même pas pleuré. Maintenant, elle apprend la sténographie, et la maison de Jonghe la prendra dès qu'elle aura son diplôme. Tu ne me réponds pas, Kees !

— Je trouve que c'est très bien !

Du coup, d'entendre sa voix, la voilà qui pleurait, à petits sanglots, en tamponnant son nez rouge de son mouchoir.

— Pour Carl, je ne sais pas encore ce que je dois faire ; il veut entrer à l'école de navigation de Delfzijl. Je pourrais peut-être obtenir une bourse...

Voilà comme on s'arrangeait ! Elle venait ainsi tous les premiers mardis du mois. Elle ne parlait jamais des choses passées. Elle disait :

— Carl a obtenu la bourse, grâce à ton ancien ami de Greef. Il a été très gentil...

Ou bien :

— Nous avons changé de logement, parce que le nôtre était trop cher. Nous sommes chez une dame fort bien, veuve d'un officier, qui a une chambre de trop et qui...

Parfait, n'est-ce pas ? Il dormait beaucoup. Il faisait ses exercices et sa promenade dans le préau. Le docteur, dont il ne connaissait pas le nom, s'intéressait à lui.

— Est-ce que quelque chose pourrait vous faire plaisir ? lui demanda-t-il un jour.

Et, comme c'était encore trop tôt, Popinga répondit :

— Un cahier et un crayon.

Oui, c'était trop tôt, et la preuve c'est qu'il écrivit en tête du cahier, d'une écriture volontairement solennelle :

La vérité sur le cas de Kees Popinga.

Il avait des tas d'idées à ce sujet. Il se promettait de remplir tout le cahier et d'en redemander d'autres, afin de laisser après lui une étude complète et véridique sur son cas.

Il avait eu le temps d'y penser. Le premier jour, il ne fit, sous le titre, que des arabesques pour l'orner, comme sous les titres de l'époque romantique. Puis il glissa le cahier sous son matelas et, le lendemain, il le regarda longuement, mais le remit à sa place.

Il ne pouvait compter le temps qu'en premiers mardis du mois, car il n'y avait pas de calendrier dans sa chambre.

— Qu'est-ce que tu en penses, Kees ?... On offre une place à Frida chez un journaliste... Je me demande si...

Evidemment ! Il se demandait aussi si... Mais pourquoi pas ?

— Elle n'a qu'à l'accepter.

— Tu crois ?

N'était-ce pas drôle qu'on vînt lui demander son avis à la maison de fous ? On prit l'habitude de lui demander son avis sur tout, sur des détails sans importance, comme ceux qui, à Groningue, faisaient l'objet de longs débats familiaux.

— Je pense parfois que si nous avions un appartement avec une cuisine... Evidemment, cela coûterait plus cher de loyer, mais d'autre part...

Bien sûr ! Bien sûr ! Il approuvait. Il apportait son grain de sel. Et *maman* était plus *maman* que jamais, bien qu'au lieu de coller des chromos chez elle, elle collât Dieu sait quoi chez de Jonghe.

— Ils me cèdent les biscuits à cinquante pour cent...

— C'est magnifique, n'est-ce pas ?

Du moment que personne n'aurait pu le comprendre ? Est-ce que tout n'était pas bien ainsi ?

Il était tellement sage qu'on lui permit de passer deux ou trois heures avec deux fous, dont l'un ne devenait fou qu'à la tombée de la nuit, tandis que l'autre était l'homme le plus raisonnable du monde tant qu'on ne le contrariait pas.

— Attention, Kees ! lui avait dit le docteur. A la moindre incartade, c'est à nouveau la solitude...

Pourquoi aurait-il contrarié ces pauvres gens ? Il les laissait dire. Puis, quand ils avaient parlé, il lui arrivait de commencer :

— Moi, quand j'étais à Paris...

Mais, bien vite, il coupait court :

— Vous ne pouvez comprendre ? Sans compter que cela n'a pas d'importance. Si seulement vous saviez jouer aux échecs.

Il en fabriqua un jeu, en papier, avec des pages du cahier, pour jouer tout seul. Non pas qu'il s'ennuyât, car il ne s'ennuyait jamais, mais plutôt par une sorte de sentimentalité envers le passé.

Qu'est-ce que cela pouvait faire maintenant ? Il n'était même pas en colère quand il pensait au commissaire Lucas. Il le revoyait, tournant autour de lui, le questionnant et le palpant, et il savait que c'était lui, Popinga, qui avait gagné la partie. Alors ?

Non ! Il n'était pas l'homme à contrarier ses camarades, ni *maman*, qui n'avait pas changé, ni personne ! Et il en arrivait à ne pas compter le temps qui s'écoulait ; si bien qu'il sourit quand, un jour, *maman* lui annonça :

— Je suis très embarrassée... Je ne sais pas ce que je dois faire... Le neveu des de Jonghe est amoureux de Frida et...

A son émotion, il reconnaissait qu'elle venait du dehors, qu'elle n'avait pas l'expérience de Kees Popinga. Elle faisait de cela une affaire d'Etat ! On aurait dit que le sort du monde en dépendait.

— Comment est-il ?

— Il n'est pas mal... Très bien élevé... Peut-être n'est-il pas vigoureux. Il a dû passer une partie de son enfance en Suisse.

C'était rigolo ! Voilà le mot !

— Frida est amoureuse ?

— Elle m'a dit que, si elle ne l'épousait pas, elle ne se marierait jamais.

La fameuse Frida aux yeux qui n'exprimaient rien ! Allons ! La vie était encore amusante.

— Dis-leur qu'ils se marient.

— Seulement, les parents du jeune homme...

Hésitaient, bien sûr, à laisser leur fils épouser une fille de fou !

Qu'ils tirent leur plan ! Il ne pouvait pas en faire davantage. Il y allait même un peu trop fort, au point qu'un jour le docteur, le voyant penché sur un problème d'échecs, resta plus d'un quart

275

d'heure derrière lui à attendre la solution, puis murmura :

— Vous voulez que nous fassions une partie de temps en temps, à l'heure du thé ? Je vois que vous êtes très calé !

— C'est si facile, n'est-ce pas ?

N'empêche que, quand il se trouva face à face avec le docteur, jouant avec un jeu véritable, avec des figures en buis et d'autres en bois clair, il ne résista pas au désir de faire une farce.

On n'était pas au club de Groningue, ni boulevard Saint-Michel, à Paris. Sur la table, il n'y avait que des tasses de thé et, pourtant, voyant un fou qui le menaçait, Popinga ne put faire autrement que de l'escamoter, au moment où il maniait une autre pièce, et le laisser tomber dans son thé, comme il l'avait fait jadis avec la bière brune.

Le docteur fut dérouté un instant, vit la pièce dans la tasse, se passa la main sur le front et murmura en se levant :

— Je vous demande pardon... J'avais oublié un rendez-vous...

Parbleu ! Et si Popinga, par exemple, l'avait fait exprès ? Si cela l'amusait, lui, de se souvenir de certaines choses...

— Je vous demande pardon aussi, dit-il. C'est une vieille histoire que je ne peux pas vous expliquer. Vous ne comprendriez quand même pas !

Tant pis ! C'était plus sûr ainsi. La preuve, c'est que le docteur eut l'idée de lui réclamer le cahier qu'il lui avait confié pour y écrire ses mémoires et où on ne lisait encore que :

La vérité sur le cas de Kees Popinga.

Le docteur levait des yeux étonnés, avait l'air de se demander pourquoi son client n'en avait pas écrit davantage. Et Popinga, avec un sourire contraint, se crut obligé de murmurer :

— Il n'y a pas de vérité, n'est-ce pas ?

DU MÊME AUTEUR

COLLECTION FOLIO POLICIER

Dernières parutions

Impression Bussière Camedan Imprimeries
à Saint-Amand (Cher),
le 10 novembre 1999.
Dépôt légal : novembre 1999.
Numéro d'imprimeur : 994991/1.
ISBN 2-07-040836-1./Imprimé en France.